EL CENTINELA DIGITAL

Nelson J. Ressio

Nelson J. Ressio

El centinela digital

ISBN nº: 978-987-33-1877-1

Diseño de cubiertas: Nelson J. Ressio

1º Edición impresa en la Argentina: 3/2012
ISBN: 978–987–33–1877–1

A mi familia.

La finalidad del arte está en expresar la esencia secreta de las cosas y no en copiar su apariencia.

ARISTÓTELES

Los hechos

Actualmente se quiere aprobar una ley para el control total de Internet, por lo que aquella ha generado rechazo mundial —incluso de grandes empresas de informática conocidas—, debido a las particulares y posibles acciones en contra de la privacidad de las personas y en contra de la libertad e independencia de la red.

Esta ley para el control total de Internet todavía no se ha aprobado, pero el proyecto existe y es público. Puede que al momento de finalizar la presente obra esta ley se encuentre vigente o no.

La organización ANNON existe, pero con otro nombre, y son reflejados aquí —de la mejor manera posible— los principios e ideales que ellos promueven y defienden.

La mayoría de las tecnologías que aparecen en este libro son reales, específicamente las nombradas para la conformación y protección de redes LAN o Redes de Área Local, es decir, las redes internas dentro de cualquier organización. Estas redes LAN funcionan separadamente de las redes WAN —Redes de Área Amplia—, que es la propia Internet.

La supercomputadora ATENEA no existe con ese nombre. El paradigma y tecnologías para su construcción, sí. Su microprocesador cuántico de 512 qubits existe. La capacidad de procesamiento cuántico medido en *teraflops* es real. Los programas de inteligencia artificial son una realidad.

Todos los tipos de ataques informáticos —incluidas sus respectivas variantes— nombrados en esta novela existen.

La tecnología de implantes de microchips en humanos, para la identificación y el control de estos, existe.

La tecnología de búsqueda en profundidad en Internet es un hecho, pero no con el nombre que se le dio en esta novela.

El Proyecto MIRAR es ficticio, pero tecnológica y humanamente posible.

No existe ninguna prueba de que una puerta trasera o *backdoor* del protocolo TCP/IP, más un chip secreto y el dispositivo lector del campo *reservado* dentro del protocolo TCP/IP, sobre los cuales se habla en esta novela, existan como tales y funcionen de esa manera, y, además, que estos sean controlados por organismos gubernamentales.

Todos los lugares donde se desarrolla esta novela son ficticios.

Todos los nombres de personas mencionados en esta novela son ficticios.

Todas la URL —Universal Resource Locator—, junto con las direcciones de email que se nombran en esta novela, son ficticias.

Todos los nombres de empresas detalladas en esta novela son ficticios.

Prólogo

ANNON, una red internacional de *hackers*, o también llamados cyberactivistas, planea el golpe informático del siglo, luego de haber encontrado algo que sacaría de sus cabales a la persona más autocontrolada y pacífica del planeta.

Mientras en su accionar periódico desmantela y desarticula todo sitio web que atente contra la moral humana, la libertad de expresión y, por sobre todas las cosas, la independencia y neutralidad de la red Internet, en ese afán de perseguir sus ideales, en un recóndito lugar de la gran telaraña mundial, se encuentran ante una especie de plan maestro, un plan que parece haberlo escrito el mismo demonio.

Ese documento, con formato de proyecto, fue dejado en una web muy extraña y al completo descubierto, debido a un descuido —o no— de un aparente exempleado perteneciente a una organización secreta. Este documento debería estar publicado, y a merced de la red de redes, por un par de horas. En el mundo virtual solo bastan unas horas para que algo interesante pueda llegar a ser encontrado.

El plan que halló ANNON —con ayuda del otro lado— era aterrador. Este desafiaba y superaba a las mentes más dañinas conocidas.

ANNON, ahora, debería detenerlo.

El plan —encontrado de manera casual o bien gracias a alguna ayuda externa a esta red de cyberactivistas— consistía en un gran retroceso para la humanidad; pero, en cambio, significaba un gran avance para los gobiernos participantes y dueños de la red de redes. Específicamente, el título del proyecto representaba casi con absoluta perfección lo que el documento de 160 páginas contenía impreso en toda su maquiavélica extensión.

El título, muy evidente, con mayúsculas, a modo de un grito poderoso y desafiante, expresaba lo siguiente:

Proyecto global para el control y seguimiento del 100% de la red Internet

Cada hoja estaba cruzada, del lado inferior izquierdo hacia el lado superior derecho, por una intrigante frase, impresa con marca de agua, casi imperceptible, y que rezaba lo siguiente:

Top Secret

En cada hoja, en la parte superior izquierda, presentaba un prominente y muy bien diseñado logo, y debajo de este, una extraña sigla con su correspondiente descripción, las cuales, entre ambas, engendraban miedo y profesaban poder, además de ostentar la posesión de un control absoluto sobre la información y sobre las personas.

Parecían provenir de una mente presa de una total y absoluta oscuridad.

Esa extraña sigla estaba armada con una especial disposición de sus letras y de una manera sospechosamente intencional, las cuales, en su conjunto, mostraban lo siguiente:

MIRAR

La sigla MIRAR ostentaba en su implícito interior la siguiente —y para muchos avezados en estos temas— muy explícita frase —aunque a varias personas esta frase no les diría demasiado—:

MISIÓN INTERNACIONAL PARA LA REORGANIZACIÓN
ABSOLUTA DE LA RED

En este proyecto, según se muestra en el documento hallado por un miembro de ANNON, se detalla la existencia de una página web —respaldada por una gran infraestructura tecnológica y vanguardista— muy discreta e inaccesible a los buscadores web convencionales, que se encuentra únicamente disponible para todos los miembros *participantes* del Proyecto MIRAR.

Dicho sitio web, denominado www.rimar.gov —un anagrama de MIRAR—, conforma una pequeña parte de su *arsenal* informático y, según se detalla dentro del documento, solo es "la punta de un iceberg gigante", el cual se asoma mínimamente a la superficie de la red Internet, con una fiel semejanza a la flotabilidad de los témpanos de hielo, y de los que únicamente podemos divisar un 10 por ciento de su tamaño total. El resto de ese *iceberg* digital, ese 90 por ciento, se encuentra bajo la *superficie* de la red de redes, bajo un manto digital muy oscuro y con variadas y extremadamente sofisticadas protecciones tecnológicas, totalmente infranqueables. Por lo menos hasta ahora.

El acceso a www.rimar.gov es solamente para miembros que trabajan para el Proyecto MIRAR, donde también se encuentran incluidos algunos empresarios, los cuales se jactan de tener a poderosos gobiernos como sus principales clientes.

Se les suman a los anteriores políticos muy influyentes, llegando esta cadena de accesos a estar disponible por completo para el mismísimo Presidente de la Nación.

En medio de la nada, y análogo a su arsenal informático, se levanta y esconde al mismo tiempo un gran complejo edilicio de más de 1800 metros cuadrados de superficie y una profundidad de casi 100 metros. Bajo esa superficie visible se encuentra el 90 por ciento del otro *iceberg*: el edilicio, el físico, el no virtual, en donde se conjugan el corazón, el sistema circulatorio, el cerebro y el sistema nervioso del Proyecto MIRAR, un diseño con características solo vistas en películas de ciencia ficción. Diferentes niveles subterráneos conforman un imponente edificio de oficinas tecnológicas bajo tierra. Eso sí…, con grandes y muy especializadas ventanas digitales. Dentro de estos niveles se encuentra el arsenal digital más grande jamás creado por la mente humana, un arsenal preparado específicamente para lo que, de forma perfecta, expresa a gritos la sigla MIRAR dentro del documento.

Algunos trabajadores dentro del Proyecto MIRAR comentan —de una manera muy ocurrente— que lo que poseen allí se asemeja a un destructivo y vasto arsenal para armar una primera guerra mundial digital. El que controla la información, lo controla todo, dicen algunos de ellos.

Esta mole arquitectónica del futuro está protegida por complejos sistemas de seguridad perimetral.

Unas instalaciones con el 90 por ciento subterráneo y de muy alta tecnología deben ser impenetrables para personas sin los debidos *pases de acceso*, por donde cada empleado debe circular entre varios niveles de chequeos y verificaciones para obtener su autenticación personal. Luego de todo esto se hace posible el acceso a las instalaciones superiores y también al complejo escondido bajo la superficie.

Dependiendo del cargo o rango de cada colaborador, estos podrán tener diferentes tipos de accesos, con niveles totales o parciales para algunos sectores, con niveles totales para otros y con niveles nulos para los demás. El modo de acceso a cualquier lugar dentro de la infraestructura depende del rol de cada persona dentro del Proyecto.

En estas instalaciones se dejan ver algunas de sus características principales, como son las sofisticadas tecnologías en materia de control de tráfico de red, control de todos los dominios web —por ejemplo, www.midominio.com—, control de todos los ISP —proveedores de Internet— mundiales, control de todas las redes sociales, control de todos los sistemas de email de todo el mundo y un largo etcétera.

Y, por supuesto, trabaja allí un personal altamente calificado para desarrollar y operar estos sistemas de control, tanto de hardware —computadoras, servidores y diversos equipos que conforman las redes de datos internas— como de software —programas informáticos—.

Por otro lado, en algún recóndito lugar del cyberespacio se encuentra una minúscula parte de otra gran organización informática, con armas tan poderosas como las del Proyecto MIRAR, diseñadas por ellos mismos y con grandes mentes dedicadas a desarrollar estas armaduras digitales, con el objetivo de hacer de la red de redes un lugar con independencia, libertad y neutralidad, conformando, de esta manera, sus objetivos y misiones principales.

Esta organización, si se quiere antagonista con respecto al Proyecto MIRAR, se autodenomina ANNON.

Ellos se dedican de lleno a representar, de cierta manera, el pensar y el desear colectivo de la humanidad para hacer ver a las grandes elites controladoras y manipuladoras que el pueblo tiene a *alguien* que vela por sus intereses principales, lo cual simplemente es el tener un mundo más justo, más equitativo, con especial respeto a la privacidad y a las libertades individuales, tanto en nuestra vida real como en la virtual.

Dicha red de cyberactivistas —algunos los llaman *hackers*; otros los denominan héroes para un despertar global— ejecuta diversas acciones para que, de alguna manera, se genere conciencia sobre los actos que pueden atentar contra la libertad de las personas. ANNON propone conformar una *mente colmena global o universal* que haga las veces de entramado protector y centinela de dichas libertades.

Ellos han sabido tejer un *enjambre* tanto real como virtual, debido a que sus miembros están repartidos por todo el mundo. Cualquiera puede ser partícipe de esta *revolución digital*. Cualquier persona que se identifique con los principios rectores de ANNON y sea un amante de la informática orientada a la programación, matemática y redes puede convertirse en un miembro más.

No hay una sede central, no poseen un sistema informático centralizado para sus operaciones, no tienen un líder definido o conocido, no concentran sus fuerzas en un solo lugar, no confían para nada en la polarización de sus acciones. Su accionar es caóticamente distribuido y aleatorio. Se autoprotegen en demasía, gracias a que cada uno de sus miembros forma una parte de esa *mente colmena global*; cada miembro es una neurona extremadamente importante del entramado colosal del *cerebro* de ANNON.

Se cree, de todos modos, que cuentan con alguna persona o grupo *rector* que dirige el accionar de la organización, el cual obra para que la ejecución de sus planes sean llevados a término y de la manera más eficiente y coordinada posible. Este grupo rector de ANNON —en conjunto con todos los demás miembros— continúa aparentando ostentar la posesión de la última tecnología para la invisibilidad, ya que nunca se los han encontrado ni física, ni virtualmente.

Todos ellos siguen el mismo camino, todos siguen los mismos ideales, todos respetan los mismos principios básicos de la libertad humana, tanto real como virtual; todos son… ANNON.

Ellos dicen: "Somos ANNON… Somos legión… Siempre estaremos".

Capítulo 1

Ocho años antes de la actualidad
Miércoles 16 de mayo
Congreso de la Nación

Un polémico proyecto de control digital ha sido sancionado por el Poder Ejecutivo, luego de haber pasado y ser aprobado, sin muchos contratiempos, por las diferentes Cámaras de Origen y Revisora, dentro del Congreso.

Diputados y senadores nacionales han dado el visto bueno a un proyecto que definirá, según ellos, una nueva era en el control de la red de redes, un nuevo paradigma de control digital, un *nuevo orden mundial* a nivel Internet. En resumen, fue aprobado de manera casi unánime construir, según expresan los numerosos puntos y subpuntos en toda la extensión del proyecto, sendas edificaciones inmuebles —edificios y demás infraestructuras internas— e informáticas —sistemas informáticos de seguimiento—, creadas específicamente para el control del ciento por ciento de la red Internet.

"Quien tenga la información en la punta de sus dedos, también tendrá el mundo en sus manos", se especulaba en muchos rincones del poder, dentro de gobiernos y corporaciones, en estrecha relación con este proyecto.

Luego de un mes, lo aprobado en última instancia por el Poder Ejecutivo se estaba materializando, debido a que, por un lado, se había escogido un excelente lugar, en las afueras de una de las ciudades más emblemáticas del país, para las recién comenzadas tareas de construcción de lo que sería más adelante el *fuerte*, el *puesto de mando*, el *mirador* del Proyecto MIRAR.

Un complejo edilicio de 1800 metros cuadrados de extensión, solo dos pisos de alto sobre la superficie y casi 100 metros debajo de esta.

Dicha infraestructura estará compuesta por un perímetro que rodeará por completo el edificio, contando con varios niveles de seguridad para el acceso físico —o sea, del personal, vehículos, suministros y equipamientos varios—.

En el propio edificio, cuando esté totalmente construido, se encontrarán, en primera instancia, con el acceso principal, por donde todas, absolutamente todas las personas ingresarán o egresarán, con el solo propósito del control y registro total de los movimientos de los individuos. Además, cada trabajador del establecimiento —desde el director hasta el que realice la limpieza— llevará un implante de dos chips de identificación personal. Con estos chips se logrará que la supercomputadora central esté *al tanto* de cada uno de los movimientos que realicen los empleados y controlará automáticamente si alguna de estas personas intenta acceder a un lugar restringido, no autorizándole su acceso, o bien, si intenta acceder a un lugar permitido, concediéndole su acceso, ya que en cada chip —del tamaño de un grano de arroz—, además de contener los datos básicos de cada individuo, como nombre, número de documento, dirección, etcétera, guardarán también el nivel de acceso que tendrá el sujeto dentro de las instalaciones del Proyecto MIRAR. Esto quiere decir que, dependiendo de la posición o rol de cada persona, la computadora central determinará, en mucho menos tiempo que en un abrir y cerrar de ojos, a qué lugar podrá acceder cada miembro del complejo. La computadora central también registrará de manera histórica dichos movimientos del personal dentro del edificio.

El proceso de implante quirúrgico de estos microchips a cada persona que trabaje para MIRAR se realizará en estricto secreto, en cuanto a la prohibición al equipo médico de revelar estos procesos de implantes, y, además, a la no divulgación del lugar del cuerpo humano donde serán colocados dichos ingenios miniaturizados. Cada persona no sabrá dónde tiene colocado el chip, aunque es bien posible que lo intuyan. Y tanto los médicos como los empleados de MIRAR firmarán sendos acuerdos de confidencialidad.

El superordenador central, o más bien supercomputadora, tendrá la denominación de ATENEA —en honor a la diosa griega de la guerra, la justicia, la sabiduría, la habilidad, las artes, la civilización y la estrategia—.

Pero el nombre ATENEA no le hace solo honor a la diosa griega de la sabiduría, sino que también, al igual que la sigla MIRAR, esconde de una manera explícita, aterradora y desafiante la siguiente frase:

ACCIONAR TECNOLÓGICO PARA LA EJECUCIÓN Y NOMINACIÓN
DE ENTRAMADOS ANTICONSTITUCIONALES

Por un lado, para algunas personas con mentes abiertas y conocedoras su significado es muy entendible; para otras, en cambio, reviste un enigma incomprensible, un misterio casi fantasmal, como salida de una película de suspenso. Pero nada más alejado de lo que piensan estas últimas personas. Ese misterio es una verdad absoluta.

De todos modos, los creadores del plan tenían muy en claro la conformación de la frase. Es más, dicha frase había sido creada deliberadamente con esas palabras para no despertar a *mentes dormidas*, las cuales viven sumergidas en su propio mundo, dominado y bombardeado por infinidad de imágenes y sonidos de todo tipo, imágenes comunes, imágenes subliminales, videos, música, comentarios, opiniones, declaraciones, etcétera, que emiten de manera ininterrumpida los medios de comunicación. Todos estos multimedios se encuentran presentes y accesibles de una manera muy sencilla en cada aparato electrónico de hoy en día. Y al igual que los multimedios, estos aparatos electrónicos, como celulares, *tablets*, *pads*, *notebooks*, *netbooks*, PC y demás, también son muy accesibles para los ciudadanos en general.

Pero había algo mucho más aterrador y desafiante que el Proyecto MIRAR en sí mismo; algo que se había *pasado por alto* en el proceso de aprobación de este proyecto. Más allá de que fue analizado, aprobado y sancionado *en tiempos récord*, una parte muy importante había sido omitida. La omisión consistió simplemente en que no fue para nada un proyecto público. Nunca se lo dio a conocer. Nunca se le informó respecto de este proyecto a ningún medio de noticias, ya fuese digital o impreso, ni publicado en ninguna web en Internet.

El Proyecto MIRAR era *top secret*, pero esto cambiaría rotundamente en un futuro no muy lejano; les aguardaba la peor de sus pesadillas.

Capítulo 2

La actualidad
Viernes 24 de septiembre, 6.45 a.m.
En algún lugar de la Gran Ciudad

Son las 6.45 de la mañana y el despertador resuena en las paredes de la muy adornada y gran habitación de Susana Palacios. Es hora de prepararse para un nuevo día de trabajo.

Susana es poseedora de una esbeltez única, de estatura perfecta para una mujer, grandes y penetrantes ojos azules, un cuerpo que parece haber sido delineado por manos expertas, como asemejando una pintura creada por los maestros pintores del renacimiento. Una tupida cabellera larga y rubia, y un simétrico rostro angelical la coronan por completo en todo su ser.

Depositaria de estudios sobre Ingeniería en Computación, un master en Filosofía y un master en Seguridad de la Información hacen de Susana un ser humano casi perfecto en todo sentido.

Luego de su ducha diaria y de un desayuno no del todo *light*, se dispone a tomar su *smartphone* de última generación para llamar a su gran amiga Carla, la cual en la noche se hallaría libre de su trabajo de turnos rotativos. Susana solo le pronuncia dos palabras… a su celular: —Carla. Llamar.

Automáticamente, como un capitán que imparte una orden a su subordinado y este la cumple sin vacilar, su teléfono marca sin error alguno el número del celular de Carla.

Durante el día, Susana trabaja para una empresa de software de seguridad de sistemas, denominada SecureEye, desarrollando innovadoras técnicas informáticas —especialmente los llamados cortafuegos o *firewalls*— dedicados exclusivamente a la seguridad perimetral de las redes de computadoras.

—Hola, Susana. Querida amiga, ¿cómo estás? —contesta Carla con una voz un poco apagada, como salida desde el vientre y acompañada de un suspiro de desahogo, debido a que había visto, momentos previos a atender, en el visor de su celular, la frase: "Susana llamando". Ahí se dio cuenta de que estaba a punto de decepcionarla.

—¡Muy bien, Carla! ¿Cómo voy a estar? ¡Hoy es viernes al fin…! ¿Y tú cómo estás, amiga del alma, compañera de la vida? —le responde Susana con un tono muy alegre y vivaz. Es viernes y, como todos los viernes, suelen asistir al cine y luego disfrutar de una cena por ahí, como un ritual repetitivo e ineludible para dos grandes amigas.

Susana y Carla son amigas desde el jardín de infantes y tuvieron la suerte de poder estar juntas en las cuatro etapas de estudio que las personas normalmente suelen transitar: el jardín de infantes, la escuela primaria, la escuela secundaria y, por último, la universidad. Estas amigas pudieron atravesar juntas por la vida estudiantil, hasta que la facultad, si bien estudiaron carreras diferentes, las encontró en la misma Gran Ciudad y cursando en el mismo establecimiento de enseñanza superior.

Carla Fernanda Matiazzi es una persona de un excelente carácter y de un bajo perfil psicológico. Ginecóloga de profesión, trabaja en el Hospital Central de la ciudad, donde deposita todos los días su gran profesionalismo y humanidad. Carla es una bella mujer, con una altura de un metro sesenta y cuatro centímetros, un tanto rellenita, con pelo lacio de color castaño claro, el cual le llega hasta la mitad de su espalda. Su tez blanca y un rostro delineado con una admirable redondez y adornada por unos bellos ojos color verde hacen de Carla una mujer muy atractiva.

—¡Ah! —suspira Carla, como si ya no tuviera más fuerzas para hablar—. Estoy incubando una terrible gripe y me tiene en cama desde anoche —agrega, con menos aliento todavía—. El médico me recetó té con limón y miel, bien caliente, y reposo total en casa, hasta que el período de la gripe finalice —murmura, ahora sí, con una voz más tenue que antes, casi sin aliento—. Espero que no se transforme en una neumonía o algo por el estilo —expresa casi para sus adentros.

—¡Uy, Carla...! Me hubieras llamado ayer para visitarte y ver si necesitabas algo —contesta Susana—. ¿Necesitas algo...? De verdad, Carlita... Dime —repite con un tono triste—. ¿Quieres que vaya a tu casa para acompañarte... o... a ayudarte con algo? —agrega enseguida con una constante voz acongojada, ya que Carla, por algún motivo, es propensa a este tipo de enfermedades respiratorias.

Hacía mucho tiempo le habían diagnosticado sinusitis crónica, que es la inflamación de la mucosa de los senos paranasales, los cuales se sitúan en distintas partes dentro de la zona frontal de nuestro cráneo. También le habían diagnosticado alergia —heredada de su madre—, la cual es una hipersensibilidad a las partículas normales que se encuentran en el aire que respiramos y que para la mayoría de las personas —esto último— no reviste ningún problema.

—Muchas gracias de nuevo, Su..., amiga mía..., pero no te preocupes por mí. Ya se me pasará... Como siempre, ¿no? —dice sonriente, a lo que agrega—: Gracias, Susanita, te lo agradezco mucho, pero ahora necesito dormir, y espero hacerlo hasta mañana... bien tarde, muy..., muy tarde —termina Carla, sonriendo por lo bajo, con algo de esfuerzo extra, en su voz muy cansada—. Ya tomé el té que me indicó el médico... y estoy en la cama hace un poco más de... media hora aproximadamente —le comenta, esforzándose—. Y perdóname, Su, siento mucho no poder acompañarte al cine esta vez —continúa diciéndole, al mismo tiempo que cruza por su mente un sentimiento de culpa hacia su amiga del alma, y con menos aliento todavía.

—Por favor, queridísima Carla, no tienes…, no debes pedir disculpas. Estás enferma y lo que deberás hacer ahora es cuidarte…, y muy bien. Ya sabes que eres propensa a estas cosas —le manifiesta con voz muy firme y decidida, como si le estuviera hablando a su propio hijo—. ¡Yo iré a mi centro de cómputos hogareño! —dice sonriente Susana—. Aprovecharé para ver alguna película *online*…, junto con alguna bebida dietética y unas dulces palomitas de maíz —le expresa con ánimo a Carla, pero, en realidad, lo que va a hacer es otra cosa muy diferente: analizar el estado de su programa de búsqueda en profundidad de Internet…, un software rastreador que desarrolló hace algún tiempo ya.

Este software ya está en manos de todos los miembros de la red de *hacktivistas* denominada ANNON para realizar el mismo tipo de búsquedas. Y al igual que este software de Susana, cualquier desarrollo de otros programas utilitarios, programados por cualquiera de los miembros de ANNON de cualquier parte del mundo, son distribuidos entre todos sus integrantes.

La *búsqueda en profundidad* consiste en recorrer entre ciertos rangos, colocados a mano, de direcciones IP de Internet y tratar de acceder a sus ramas internas en busca de diferentes tipos de datos e información. A estos lugares no pueden acceder los buscadores normales que utilizamos todos los días. Dicha búsqueda en profundidad recorre los *suburbios* de la red Internet, en su afán de hallar información interesante e importante que pueda atentar contra la libertad y la neutralidad de la web.

Las direcciones IP en Internet son análogas a la relación de nuestro número de documento con nuestros nombres completos. Estos números o direcciones IP constan de cuatro grupos de tres cifras cada uno, los cuales representan algo bien definido dentro de una red, como ser computadoras, servidores, impresoras, *routers*, *switches*, etcétera.

Por ejemplo, en la Internet, una IP tiene su equivalente en letras; todas estas letras conforman un nombre, donde este nombre representa una página web. De esta manera, es infinitamente más fácil que una persona recuerde el nombre de la página web que tener que memorizar su equivalente dirección IP o número IP.

Un ejemplo más gráfico es que, si se quiere ingresar a la web www.miweb.com, se escribirá en el navegador de Internet simplemente www.miweb.com, abstrayéndonos totalmente del *número de documento* de esa web, y que es la siguiente dirección IP: 201.145.138.7. Incluso si se coloca 201.145.138.7 en lugar de www.miweb.com dentro del navegador web se accederá de igual manera que con el nombre. Obviamente, el nombre es siempre mucho más fácil de recordar.

Entonces, lo que realiza el programa que Susana desarrolló es recorrer automáticamente un rango de esos números IP, tratando de acceder por sus subramas —dentro de webs un tanto desprotegidas— e intentando penetrar al árbol completo de la siguiente manera: comenzando por la primera IP del rango, el programa, en primer lugar, utiliza la IP como dominio principal. Posteriormente, le añade, respetando los formatos de una estructura de una dirección web —por ejemplo, http://www.miweb.com/default.html—, los caracteres *http*, *:* y *//* al comienzo, y el carácter */* al final de dicha IP. Con esto se *normaliza* la dirección que el programa intenta utilizar para acceder a las ramas interiores, por lo que la dirección quedaría de esta manera:

http://201.145.138.1/

Luego de esta normalización, es necesario e imprescindible que el programa pueda *averiguar* por sí solo la parte que resta de la dirección normalizada, o sea, todo lo que sigue a la derecha de *138.1/*.

Este trabajo es mucho más difícil cuando una parte de la dirección web —todo lo que se sitúa a la derecha de la tercera, cuarta, quinta, etcétera /— está encriptada. Por ejemplo:

http://201.145.138.1/news/es/article/ALeqJ5iZ4ViJqcMDLZu-Gx6khtKCIpdsJW?docId=719242001

Poder descubrir y obtener lo que sigue a la derecha de *138.1/* en una dirección web es un trabajo que demanda la aplicación de diferentes técnicas. Estas pueden llegar a ser de prueba explícita de palabras, pruebas tales como la generación de palabras aleatorias para ir avanzando entre sus ramas. Cada vez que una palabra es coincidente se permite acceder más, adentrándose en el sitio web como una víbora ingresa reptando a su *guarida*. Otras técnicas de penetración dentro del árbol de un sitio web son de inteligencia artificial, análisis y pruebas de palabras por medio de los llamados *autómatas finitos*, etcétera.

Por ejemplo, si el programa encuentra que la palabra *news* es accesible al utilizarse con la dirección web normalizada *http://201.145.138.1/*, la nueva dirección web — nuevamente normalizada— sería algo así como esta:

http://201.145.138.1/news/

Después de que el programa de Susana encuentre y arme la dirección URL de arriba, proseguirá intentando obtener lo que continúe a la derecha de *news/*, y así sucesivamente hasta armar la dirección web completa.

Pero en cada paso del armado y normalización de la dirección web, el programa de Susana también realiza un chequeo para determinar si lo que sigue a continuación no es una rama o carpeta, sino algo mucho más importante y que forma parte del objetivo principal de la búsqueda de este software: los archivos.

A medida que este programa va encontrando archivos se lanza de forma automática un proceso en paralelo al programa principal, el cual se encarga de realizar el análisis semántico de este, es decir, *entender* el contenido; pero también verificar, en primer lugar, si el archivo contiene texto, sin importar sus diferentes formatos. "Si hay texto, es analizable", dice Susana con frecuencia. Si el resultado del análisis de la semántica o *entendimiento digital* del archivo encontrado es probabilísticamente relevante —siguiendo patrones de búsquedas preestablecidas—, el programa emite un pitido muy particular, semejante a un radio-reloj despertador, y lo coloca automáticamente en la pantalla para la verificación por parte de su creadora o usuario de ese momento.

Esta noche, Susana no se imagina ni remotamente lo que encontrará.

Capítulo 3

La Gran Ciudad, de donde es residente Susana Palacios, florece como una importantísima metrópoli ubicada a orillas del principal río del país, con sus anchas y largas avenidas que la atraviesan de punta a punta, y un prominente y emblemático obelisco, de más de sesenta metros de alto, emplazado casi en su centro geográfico, que hacen de esta urbe una de las ciudades más importantes del mundo.

Su *skyline*, visto desde el río, conforma una exuberante mezcla de rascacielos de concreto, algunos construidos en el siglo pasado, y sumados a otros cientos de edificios muy altos, con sus caras espejadas y totalmente de acero, que asemejan a los penitentes de la Isla de Pascua, la mayoría de los cuales presentan sus inmóviles y eternas "espaldas" hacia el agua. En las noches, las luces de la Gran Ciudad la hacen parecer, desde lo alto, como una gran gota de oro fundido estrellada abruptamente contra el suelo. Innumerables calles y avenidas se desprenden desde el centro hacia todos sus lados, asemejando una gigantesca neurona, en donde sus vías de circulación, los axones, se conectan indefectiblemente con más y más urbes, como simulando nuevas neuronas más pequeñas dentro del gran entramado neuronal de un país. Las ciudades, una relativamente cerca de la otra, interconectadas por sus rutas, recuerdan desde lo alto, y de una manera perfecta, a las aludidas neuronas del cerebro humano. En definitiva, y al igual que las interacciones neuronales, en las ciudades se desarrollan muchas de las diversas actividades neurálgicas o importantes, de un país, mientras que en las rutas que las unen circulan constantemente los *vehículos* que interaccionan entre ellas, asemejándose a largos y congestionados axones interneuronales.

Esta Gran Ciudad es el punto neurálgico principal del país, con un poco más de doce millones de habitantes que la conforman como una capital que nunca duerme. Esta característica es muy común en las grandes metrópolis del mundo.

Al pie de ese gran *skyline*, y entre este y el río, se despliega una gran avenida muy circulada, debido a que es muy elegida por muchos automovilistas, gracias a la pureza del aire y a la interminable vista hacia el agua, la cual rescinde, adhiriéndose al horizonte, debido a que esta rivera concluye su existencia al fundirse con el océano, asemejando una eterna y magistral danza de la naturaleza.

Embarcaciones de todo tipo descansan en su gran puerto, donde más al norte se encuentra su imponente aduana, en la cual reposan, por miles, sendos contenedores provenientes y dirigidos desde y hacia todos los puntos cardinales del globo.

El centro comercial de la ciudad se localiza más al oeste, conformando una maraña de negocios de todos los rubros, concurridos *shoppings* y peatonales que a veces son casi impenetrables, debido a la gran afluencia de personas, principalmente en las horas pico, y donde las fuerzas del orden constantemente se despliegan por todos sus puntos, con el objetivo de proteger a los individuos civiles del lugar y a los lugares en sí mismos.

Los edificios de todo tipo y tamaño se yerguen por donde se observe, conformando un gran conglomerado vertical, donde se alberga la mayor parte de sus millones de habitantes.

Por otro lado, las instituciones gubernamentales se emplazan muy cerca de la rivera, en dirección sur.

La Casa Gris es una majestuosa construcción de más de noventa años de antigüedad. Allí se desempeñan, entre otras no menos importantes personas, las labores del Presidente de la Nación y las de su gabinete de ministros. Por fuera, exhibe una gran fachada, como remembrando un estilo grecorromano, la cual ostenta un porte majestuoso, el cual se encuentra enfocado en dirección a una de las principales plazas de la ciudad.

Alrededor de la gran plaza, y frente a cada uno de sus otros lados, se levantan los diferentes ministerios de la Nación, los cuales, junto con la Casa Gris, conforman el centro principal de la toma de decisiones políticas.

Más lejos, varias cuadras más al oeste, se alza, de una forma sin igual, el imponente Congreso de la Nación, dentro del cual las decisiones políticas son aprobadas o no.

El Congreso presenta, en el centro de su estructura, una gigantesca cúpula, que se asemeja a la cúpula de la Basílica de San Pedro, en el Vaticano. Dentro de este emblemático edificio se despliegan las Cámaras de Diputados y Senadores de la Nación, junto con una de las bibliotecas más grandes del mundo. Con casi quince millones de libros, manifiesta el gran pasado y presente cultural del país.

En definitiva, una ciudad solo vista por algunos en sus propios y profundos sueños.

Capítulo 4

Susana se halla con su cara totalmente desencajada, pálida, y con sus grandes ojos azules desorbitados, como si hubiera visto un monstruo, clavándolos en la pantalla ultra ancha de 21 pulgadas de una de sus computadoras. No puede creer lo que su programa ha encontrado y lo que está leyendo.

El software que Susana programó hace ya bastante tiempo, y que comúnmente deja ejecutándose en su pequeña supercomputadora durante varios días, e incluso ha llegado a estar corriendo por más de un mes, escudriñando en las profundidades de Internet de manera asombrosamente ininterrumpida, ese mismísimo programa ha tenido la suerte de tener también un nombre muy peculiar. Ese nombre describe implícitamente, pero con total exactitud, lo que el programa realiza en la red de redes. Susana, pecando de parecer un tanto diablilla y con una pizca muy pequeña de maldad —haciendo referencia, de algún modo, al lado oscuro…, animal de cada persona—, nombró a su programa de una manera bastante rara, pero muy certera. Ella lo llamó:

CAPNODIS

El nombre del programa de Susana es en honor a un insecto que, aunque en los primeros momentos de su vida como una larva se asemeja a un simple gusano, no lo es; simplemente es un insecto del grupo de los coleópteros, de color negro opaco y con una *gran cabeza*. El insecto, que obtuvo el honor de nombrar a un programa que revolucionaría el mundo digital, se denomina científicamente *Capnodis Tenebrionis* o también vulgarmente llamado *gusano cabezudo*. De esta especie de coleópteros Susana tomó el nombre para su programa. Pero… ¿por qué *Capnodis*?

Este insecto, en su estado de larva, al igual que el programa de Susana, recorre los árboles por dentro, desde la raíz hasta sus ramas, en busca de alimento. El programa *Capnodis* también recorre cada web de la red Internet de la misma manera que el insecto, pero con una variante muy particular: para obtener archivos e información especial y sensible.

—¡Esto es imposible! —articula Susana, como gritando a los cuatro vientos y al mismo tiempo dirigiendo su mirada hacia todos lados de su *centro de cómputos hogareño*, acompañando el gesto con un perfecto ritmo corporal, como adornando ese grito impresionante.

El centro de cómputos hogareño de Susana se asemeja a un *datacenter* de una pequeña empresa. Servidores, *routers* y *switches rackeados* ocupan una pared entera de su oficina informática. Una mesa dispuesta en el centro, hecha en madera de roble, soporta una gigante pantalla plana, con un único teclado y un único *mouse*, por medio de los cuales es posible manejar cualquiera de sus computadoras o servidores. Todo esto lo realiza gracias a lo que se llama *switch* KVM para teclado, video y *mouse*, sobre los cuales, con solo presionar un botón, es permisible comandar una o varias computadoras que estén conectadas a ese *switch*. Un aire acondicionado encendido día y noche mantiene la temperatura en unos 25 grados centígrados. Allí dentro se conforma una auténtica red de área local, con cortafuegos o también denominados *firewalls* para la seguridad de su red interna, con servidores *proxy* para la navegación segura y anonimato en Internet, y demás equipos activos, como *routers* y *switches*: un verdadero y profesional centro de cómputos.

—¡Estoy soñando! ¡No…, no puedo creer que esto exista, por el amor de Dios! —se dice con un tono de incredulidad y haciendo alusión a las tantas teorías conspirativas que pululan por la red Internet.

"Esto podría ser otra teoría falsa de las que encontramos por todos lados en la *gran telaraña mundial*", piensa, con una pizca de credulidad.

De todas maneras, parece muy convincente lo que ha visto, lo cual por un momento le causa sentimientos conjugados de perplejidad, congoja, impotencia, rabia, ira contenida, enojo y un gran signo de interrogación, los que comienzan a rondar por la cabeza de Susana. Su cuerpo por un momento empieza a representar exteriormente estos sentimientos. Comienza a sentir un pequeño temblor corporal, un cosquilleo en su estómago y algo de sudoración en su frente. No puede creer lo que su programa ha encontrado en su incansable búsqueda frenética en la red de redes. No puede creer lo que ve en su gran pantalla plana de 21 pulgadas.

—¡Tranquilízate! ¡Tómalo con calma! —se dice, y al mismo tiempo renueva el aire en sus pulmones, con un gran suspiro esclarecedor, para su mente aturdida por lo recién visto—. Comencemos nuevamente —vocifera en tono alto y decidido, y como si se encontraran junto a ella sus compañeros informáticos de todo el mundo.

Empieza a leer nuevamente el archivo, el cual está creado bajo un formato muy conocido, de tipo .pdf —sigla de *Portable Document Format*, o en castellano, *Formato de Documento Portátil*—.

En la primera hoja, contiene en su esquina superior izquierda un logo no visto nunca antes por Susana. Este, de forma circular, tiene en su interior un águila de frente con sus alas desplegadas, con su cabeza mirando hacia *su* izquierda. Siempre mirando desde la perspectiva del águila, en la garra derecha ostenta un globo terráqueo, mientras que en la garra izquierda sostiene un manojo de cables muy delgados que aparentan ser de fibra óptica, ya que de cada uno de sus extremos emana una especie de rayos lumínicos, provenientes del interior de ellos. La figura está rodeada, de izquierda a derecha, en la parte central superior, con una frase bastante larga y muy pequeña para leerla toda. Debajo del águila, y bien en el centro, hay una enigmática sigla. Como para ilustrar aún más lo que sería el *corporis principali*, o en castellano, *tema o cuerpo principal* del documento, totalmente alrededor del águila y antes del círculo exterior del logo se encuentra una especie de víbora comiéndose su propia cola.

En la parte superior derecha de la página presenta la frase: "Poder Ejecutivo. Presidencia de la Nación".

Pero Susana no está preparada para lo que verá en el centro de esta primera y aterradora página. Son una sigla y una frase. La frase más aterradora y desconcertante que ha leído en toda su vida. La sigla le genera el mismo estupor. Las dos muestran, en conjunto, lo siguiente:

PROYECTO MIRAR

Misión Internacional para la Reorganización
Absoluta de la Red

Continúa estupefacta, mirando más abajo en esa página, donde se encuentra con una especie de resumen del contenido, a modo de representación del resto del documento de 160 páginas.

El resumen dice:

Proyecto de infraestructuras edilicias, tecnológicas y de administración inteligente de la información, dedicadas al control de la totalidad de la red Internet. Se controlarán diversos aspectos de la World Wide Web —WWW—, como por ejemplo, control de los sistemas de correos electrónicos, control de los mensajes de chat, control de las redes sociales, control de las empresas que proveen del servicio de Internet al usuario común, y control y análisis de todo tipo de tráfico sobre la red Internet.

Luego de leer este texto, Susana queda inmóvil por unos momentos, mirando hacia… ninguna parte dentro de su gran pantalla, ya que ha apartado la vista del documento, y deja inconscientemente su boca entreabierta, como expresando asombro y perplejidad después de lo que ha leído.

Debajo del resumen rezan cuatro títulos con sus correspondientes descripciones:

ESTADO DEL PROYECTO: TOP SECRET
ESTADO DE APROBACIÓN DEL PROYECTO: APROBADO
ESTADO DE EJECUCIÓN DEL PROYECTO: FINALIZADO
ESTADO ACTUAL DEL PROYECTO: OPERANDO

Con cada lectura de los cuatro ítems superiores, Susana percibe como se le acelera el pulso y una sensación de constante opresión en el pecho se le hace evidente.

—¡¿Es un documento de un proyecto para espiarnos a todos… y nunca…, nunca informaron públicamente sobre su existencia?! —exclama con tono de enojo y estupor, mientras mira nuevamente y con atención hacia su pantalla, hacia lo que esta le continúa mostrando.

"¡Tengo que hacer algo…! ¡Tenemos que hacer algo!", piensa enérgica y decididamente, al igual que un capitán en el campo de batalla.

Antes que nada, y como despertando de una terrible pesadilla, se incorpora rápidamente y decide guardar el archivo en el disco duro, debido a que lo presenciado hasta ahora en la pantalla se aloja en la memoria RAM de su computadora. Si llegara a sufrir un corte de energía eléctrica, debido a la propia naturaleza de la memoria RAM —la RAM solo aloja datos si aquella se encuentra energizada—, perdería el archivo y quizá también la oportunidad de obtener nuevamente el mismo documento. Y si efectivamente le pasara esto, también perdería… ¡¡¡los estribos!!!

El archivo .pdf ahora está sano y salvo en su disco rígido…, en su mini supercomputadora de ocho núcleos físicos, con tecnología virtual de *HyperThreading* en cada uno de ellos.

De todos modos, Susana se pregunta cómo un documento de esas características, con estatus de *top secret* y con tal misión, pudo haber estado al alcance de las garras de *Capnodis*.

La tecnología denominada *HyperThreading*, de la empresa Intel Corp., permite la ejecución de un programa en múltiples partes —o también llamados hilos— al mismo tiempo y dentro de un único núcleo de un microprocesador. Esto se llama *procesamiento en paralelo en tiempo compartido*, debido a que la tecnología citada ejecuta cada hilo, uno por vez, en una minúscula porción de tiempo. Por ello lo de tiempo compartido, donde al observar la ejecución del conjunto de los hilos parecería que se están ejecutando todos en el mismo momento. El *HyperThreading* simplemente se basa en la simulación de varios procesadores virtuales dentro de un solo procesador real.

El funcionamiento anterior no es nada más que ejecutar, infinidades de veces por segundo, *una* pequeña parte de uno o varios programas de una manera casi simultánea. Con esto se logra la aparente ejecución concurrente de los programas dentro de una computadora.

Cuando el procesamiento de un programa o parte de este —hilo— se da en cada núcleo real, como por ejemplo, dentro de un microprocesador de ocho núcleos reales, la tecnología de procesamiento se denomina *procesamiento en paralelo en tiempo real*, con lo que las computadoras que utilizan esta tecnología ven incrementado su rendimiento de una manera considerable.

Los microprocesadores de hoy en día utilizan conjuntamente estas dos tecnologías, una dentro de la otra; es decir, el procesamiento por tiempo compartido —virtual— procesándose dentro de cada núcleo —real—. En resumen, es un procesamiento en tiempo real de los programas que se ejecutan en tiempo compartido. El resultado acumulado se muestra con un asombroso rendimiento.

Susana no lo puede creer. Sus muchos años de experiencia le dicen que simplemente es casi imposible encontrar estos tipos de documentos secretos en la red de redes…

—A menos que… alguien lo venga colocando a propósito, periódicamente, para que pueda ser encontrado algún día —se dice Susana entre dientes—. Alguien que no esté de acuerdo con la misión del Proyecto MIRAR. Pero, ¿quién será? —murmura, observando hacia el suelo, como si allí estuviera la respuesta.

Obviamente, pasa lo esperado… En el suelo no está.

De todos modos, y antes que nada, es consciente de que le esperan 159 páginas más para ser leídas.

Luego, deberá darlo a conocer a sus pares. Y por razones de seguridad, en principio, tendrá que hacerlo personalmente.

Susana participa, secretamente, de una organización que persigue ideales de libertad, independencia y neutralidad en la red Internet, denominada ANNON.

Capítulo 5

En las centrales de MIRAR, en alguna parte de las afueras de la Gran Ciudad, Carlos Di Stéfano se dispone a ingresar, este viernes por la mañana, para comenzar un nuevo día de trabajo. Carlos, jefe de Seguridad de Sistemas en las instalaciones del Proyecto MIRAR, trabaja incansablemente para alcanzar sus objetivos, que al fin y al cabo son los mismos que los del Proyecto MIRAR. Con estudios de muy alto nivel, como el de Ingeniería en Seguridad de Sistemas y un master en Seguridad de la Información, Carlos parece un dios que desde las alturas vela por sus fieles día y noche; una persona imparcial, con sus convicciones bien claras, con los objetivos que su mente almacenaba totalmente cumplidos. Él siempre pensó: "Como es sabido, antes de que algo se materialice en el mundo real siempre, y de manera ineludible, ese *algo* deberá pasar por nuestras mentes. Deberemos pensarlo, soñarlo, vivirlo…, quererlo desde el alma…, amarlo desde el corazón. Solo así veremos hechos realidad nuestros objetivos". También, y además de su gran sabiduría, Carlos es dueño de una honestidad y una rectitud sin igual. Con su bajo perfil, autocontrol y firmeza en sus decisiones, es perfecto para el cargo que le fue dado.

Del mismo modo, es acreedor de una fisonomía envidiable, con una altura considerable, de un metro con ochenta y ocho centímetros, coronada su cabeza con un corto pelo de color negro, tez muy blanca, un rostro con rasgos muy simétricos y el color de sus ojos compuestos de una mezcla que varía entre el verde y el amarillo. Todos estos rasgos hacen de Carlos Di Stéfano una persona con mucha presencia.

Con una gran trayectoria en las áreas de sistemas, constantemente dentro del Gobierno, lo fue perfeccionado, y gracias a su espectacular currículum obtuvo el trabajo de su vida como jefe de Seguridad de Sistemas de MIRAR.

Específicamente, se desempeña velando por la seguridad de una supercomputadora y los sistemas subyacentes; un ingenio humano que parece haber salido de una película de ciencia ficción. Una supercomputadora con mente propia, la cual toma billones de decisiones por segundo, muestra, a modo de grandes tatuajes en cada uno de sus lados, como gritando a los cuatro vientos, su épico nombre, el cual la representa de una manera casi perfecta:

ATENEA

ATENEA no solo fue nombrada así en honor a la diosa griega de la guerra, la civilización, la sabiduría, la estrategia, las artes, la justicia y la habilidad, sino que representa una sigla que parece haberse escrito con un aire engañoso. ATENEA también significa: Accionar Tecnológico para la Ejecución y Nominación de Entramados Anticonstitucionales.

Ciertamente, una frase muy engañosa. Pero tiene un porqué. Siempre los hay.

Carlos, en su entrada al establecimiento, debió pasar por todos los controles de autenticación de su persona, tales como el primer nivel del chequeo persona a persona en la entrada.

—Buenos días, José —se expresa Carlos, con una honesta y clara sonrisa, como hace siempre con cada personal de seguridad que está de turno para el recibimiento y registro del otro personal, el que entra y sale del complejo.

—Buenos días, señor Carlos. ¿Cómo se encuentra hoy? Y por supuesto, ¡muy buenos días! Hoy es viernes, ¿recuerda? Algunos dicen que es el mejor día de la semana, ¿no? ¿O solo es una simple percepción de la gente, nada más? —le contesta José a Carlos, y al mismo instante le hace otros comentarios y preguntas de rutina.

José trabaja como personal de seguridad en el primer nivel de ingreso y egreso en el complejo del Proyecto MIRAR, el punto de control que da al exterior de todas las estructuras internas.

—Me encuentro muy bien, José. Muchas gracias por preguntar —responde Carlos—. En lo que respecta a que si el viernes es el mejor día de la semana, me parece una suposición relativa... El solo hecho de valorar lo que se tiene, de valorar el digno trabajo de cada día, de valorar el estar vivo…, repito, desde mi relativo punto de vista, es la única razón que tengo para decir: ¡todos los días de la semana son los más lindos de la semana! —le responde Carlos, con un tono de alegría y de autoconvencimiento.

Y arrancando ya en su automóvil Mercedes último modelo —proporcionado por los dueños del Proyecto MIRAR—, Carlos le expresa a José, a modo de una frase de despedida:

—Y…, José…, no olvides nunca que debes tener la fuerza y la decisión suficientes para vivir cada día de tu vida como si fuera el último de tu existencia… *Carpe diem*, José… ¡*Carpe diem*!

Las últimas palabras, aunque se iban desvaneciendo junto con el arranque del auto de Carlos y también al comenzar a alejarse para adentrarse cada vez más en las instalaciones, José las escuchó y las entendió perfectamente, por lo que no dudó en responderle rápidamente lo siguiente:

—Tiene usted razón, Carlos. Muchas gracias… Me acaba de hacer razonar de otra manera respecto de mi perspectiva sobre la vida.

Esto lo vociferó José con una voz muy alta, casi gritando, ya que el auto de Carlos se encontraba unos cuantos metros más adelante. Al mismo momento Carlos lo saludaba, alejándose más y más, con el brazo alzado fuera de la ventanilla del auto, como deseándole: "Que termines bien el día, José".

El jefe de Seguridad de Sistemas, así como también los superiores y subordinados a este, son controlados de la misma manera, sin distinción alguna. Carlos acaba de llegar a la puerta principal para luego ingresar a la mesa de entrada, pero antes es retenido por una puerta corrediza de acrílico y un dispositivo de autenticación biométrica, basado en la comparación de la geometría de la palma de su mano con la registrada en la base de datos.

El acrílico es muy utilizado en la construcción, debido a que es un material muy resistente y transparente, entre otras interesantes cualidades. A este producto de la ingeniería de los materiales también se lo puede encontrar con el nombre técnico de Polimetilmetacrilato (PMMA).

La puerta que Carlos tiene en frente, y por la que puede ver toda la sala de recepción, más una mujer muy bella detrás de un moderno mostrador, es de unos tres centímetros de grosor, con unos dos metros de ancho y tres de alto, sostenida con seis juegos de ruedas dobles de una goma muy resistente. Las estructuras de las ruedas son del mismo material que el del riel, las cuales se apoyan firmemente sobre el mencionado riel —también de doble canal— de acero inoxidable. El riel, a nivel del piso, comienza en el marco inferior izquierdo de la puerta y se pierde dentro de la pared del marco inferior derecho, en donde la puerta desaparece al abrirse, como por arte de magia... De todos modos, el encantamiento desaparece..., *también como por arte de magia*, cuando la validación para el acceso no es efectiva.

El sistema de autenticación biométrica es un dispositivo que se basa en la comparación de las medidas de la palma de la mano de cada persona que la coloca en el aparato con las medidas de esa misma palma que se tienen registradas en la base de datos, previo tipeo, sobre el teclado del mismo dispositivo, de una clave personal.

Carlos se dispone a autenticarse para acceder al complejo, ingresando su código numérico de cuatro dígitos. Después de que el código se valida internamente, el lector biométrico le solicita a continuación que coloque su mano. Pone su mano derecha, respetando unas guías con las que cuenta el dispositivo, de modo que las manos siempre ingresen de la misma manera.

A continuación, una voz femenina se escucha en el altavoz:

—Acceso permitido. Buenos días, señor Di Stéfano.

Y nuevamente, gracias a la magia con que la tecnología tiene acostumbradas a las personas de hoy en día, y en todo el mundo, la imponente puerta comienza su rápida apertura hacia la derecha, desapareciendo sin emitir sonido alguno, escondiéndose mágicamente dentro de la pared de concreto.

Carlos le responde a esa voz con su pensamiento, cargado de un tono jocoso e irónico, y además sonriendo por lo bajo: "¿No tienes otras palabras...? ¡Qué monotonía!". "ATENEA, podrías colocarle una frase diferente para cada día, ¿no?", continúa expresando para sus adentros, mientras se adelanta a lo que algunos, dentro de MIRAR, llaman la *Cárcel de Cristal*, ya que es un pequeño pasillo al que se accede luego de la apertura de la primera puerta. Este pasillo, del ancho de la puerta que Carlos deja detrás, y de tres metros de largo, consta de dos paredes laterales y el techo, construidos con un grueso concreto, y además, muy iluminada por pequeñas pero poderosas luces empotradas en el techo. Solo al final de esos tres metros se halla la última puerta, el último bastión para acceder definitivamente al mostrador en donde trabaja Mabel Saldaña, la secretaria.

Este triple acceso —personal de seguridad en la entrada exterior, lector biométrico por comparación de la geometría de palma de mano en la primera puerta y, por último, *la Cárcel de Cristal*— encajaba eficientemente para poder autenticar a las personas, ya que este último paso, el de solo caminar por los tres metros que componen la *Cárcel de Cristal*, son suficientes para que la supercomputadora central le habilite o no la entrada a Carlos. Con solo caminar hacia la segunda puerta, ATENEA accede en menos que un abrir y cerrar de ojos a la información del chip que Carlos —y todas las demás personas que trabajan en el Proyecto MIRAR— lleva implantado en su cuerpo. Si el chip indica que puede pasar, ATENEA destraba la puerta automáticamente y la abre de la misma manera que la primera. Carlos ingresa a la sala de recepción sin siquiera detener su paso en el caminar entre las dos puertas. Ha ingresado al mundo de ATENEA.

—Hola, Mabel... Buenos días... ¿Cómo estás hoy? ¿Hay algo para mí? —le consulta Carlos, dejando su portafolio en el piso, justo entre sus piernas, y luego apoyándose con sus brazos cruzados sobre el mismísimo y moderno mueble de la recepción.

Mabel, la bella recepcionista del Proyecto MIRAR, ostenta unas facciones y líneas corporales perfectas, con su metro sesenta y seis de alto, su pelo un tanto ondulado y de un color negro brillante, su tez morena, con un semblante sin igual, dueña de grandes y redondos ojos marrones, una nariz levemente respingada y de labios sutilmente gruesos. Todo ello conforma la *primera cara visible* dentro de las instalaciones del Proyecto MIRAR: una mujer envidiablemente hermosa.

Mabel es licenciada en Comunicación Social y pasó con honores todos los test de ingreso para el trabajo que actualmente ocupa.

—Buenos días, señor Di Stéfano... Y no, señor, hoy no hay nada para usted —responde Mabel desde detrás del mostrador, haciendo gestos de búsqueda de cartas o envíos de otra índole. Y agrega—: Y estoy muy bien. Muchas gracias por preguntar… ¿Y usted, señor?

—¡Excelente! Gracias, Mabel —contesta Carlos, ahora caminando decididamente hacia el ascensor, el cual lo transportará sin demoras al piso -10. O sea, diez pisos más abajo que el nivel que da al exterior.

Además, al ir ingresando, Carlos comienza a mermar la cantidad de palabras que dice, a diferencia de con José, en el primer nivel de control. Lo anterior es automático en la mente de Carlos, debido que, al entrar en el ascensor, su mente cambia de estado, asemejándose a un robot que selecciona tal o cual programa, dependiendo del entorno en que se encuentra.

La mente de Carlos ahora se ha autoprogramado para ingresar a su mundo virtual: la sala de operaciones del Proyecto MIRAR.

Capítulo 6

Susana, en sus tiempos libres, es partícipe de una organización global de cyberactivistas llamada, o mejor dicho autodenominada, ANNON. Son una *colmena* global de expertos en tecnologías de la información, en electrónica, en ingeniería social, en seguridad de sistemas y de la información, que tienen un fin común, un vector infinito que los orienta a todos por igual y en el mismo sentido, dirigiéndose hacia los mismos objetivos, los mismos ideales. Ellos son los *centinelas de un mundo digital*, que luchan por la libertad de expresión, la neutralidad e independencia de la red Internet; y algunos dicen que también se les suman otras acciones, llevadas a cabo por ANNON fuera de la red de redes, como por ejemplo, protestas en la vía pública. Siempre están persiguiendo el mismo objetivo, con la misma visión; se sienten partícipes de una única colectiva mente global…, una mente universal. Además, algunas organizaciones privadas y gubernamentales los han señalado como los ejecutores de ataques contra sus páginas web. De todos modos, estos ataques nunca han sido confirmados por los dueños de estas páginas, debido a un posible temor de que estas sean atacadas nuevamente.

Luego de un corto viaje de unas dos horas por avión y una media hora más en un tren de alta velocidad, Susana llega a la ciudad, en donde se encuentran esperándola tres de sus compañeros de ANNON. Ellos no saben qué les mostrará Susana, pero sí que es extremadamente importante.

Previamente, ha enviado un mail a su superior inmediato de la empresa en la que trabaja actualmente, llamada SecureEye, avisando de un viaje repentino que debía realizar y que devolvería las horas en otro día de trabajo. SecureEye se caracteriza por la flexibilidad horaria que les da a sus colaboradores. Esa flexibilidad, con avisos previos, los ayuda a realizar desde diferentes cursos, maestrías, etcétera hasta visitas al médico.

Entre los cuatro conforman un minúsculo pero poderoso equipo —uno más de los tantos que hay en el mundo— que lleva a cabo sus actividades con una gran dedicación y entusiasmo; se sienten con mucho orgullo de haberlas diseñado y poder verlas materializadas.

Es la primera vez que se verán las caras directamente. Hasta este día, se comunicaban por vías digitales, como emails, chat y videoconferencias, y de una manera encriptada. Ellos utilizan un servidor ubicado *quien sabe dónde*, por el cual circulan todas estas comunicaciones de los miembros de ANNON. Digamos que este es uno de los tantos servidores de los que posee la asociación. Es más, y como si fuera poco, los métodos de encriptación son diseñados y mejorados constantemente por los propios miembros de esta red. Ellos no utilizan los algoritmos conocidos, ya que no confían en ellos. Al usar sus auténticos algoritmos, se cercioran de no estar al alcance de las famosas *backdoors* o *puertas traseras*, las cuales son colocadas a propósito por los fabricantes de dichos algoritmos conocidos, con el objeto de poder acceder más fácilmente a los datos encriptados que trafican todos los usuarios sobre la red Internet.

Con estos algoritmos de encriptación, al ser utilizados solamente por ANNON, por lo que no son públicos, se aseguran el total hermetismo en las comunicaciones con sus miles de miembros en todo el mundo.

El taxi deja a Susana en la puerta de una casa con un aire muy familiar, de aspecto antiguo y un buen toque de modernismo, pero muy bien cuidada, como si la hubieran restaurado. "¿Cómo será por dentro?", piensa Susana, recorriendo el frente de la casa, desde arriba hacia abajo y de lado a lado con sus hermosos y grandes ojos azules. Esta es la primera vez que va a tener un contacto personal con tres miembros del equipo de ANNON.

Al incorporarse, toma conciencia, recordando el tema por el cual ha viajado hasta esta ciudad, por lo que se dirige rápidamente hacia el portero eléctrico, como despertando de una manera espontánea de su pequeño *trance arquitectónico*, debido a la belleza particular de lo que ha visto; y luego de un pequeño *escaneo visual* de la parte interior del marco de la puerta, presiona el botón llamador.

Una voz masculina, con tono muy bajo, pero con mucha fuerza, como si hubiera sido engendrada desde las propias entrañas del sujeto, el cual empieza a hacerse sentir desde el otro lado del portero, y como describiendo, además, una pequeña historia con sus palabras, expresa a través del parlante lo siguiente:

—Quien haya osado despertarme de mis sueños más profundos y hecho levantar de mis aposentos más cómodos sufrirá irremediablemente, y en carne propia, la ira incontenible de ¡Héctor! Algunos me llaman por mi nombre antes de sucumbir frente a mis ojos…; otros me gritan, luego de dos litros de cerveza, y como fatigando sus últimas palabras: "¡Terminhéctor! ¡Hip! ¡Colócale un candado a la heladera!".

También los de ANNON tienen un muy buen humor.

A lo que, inmediatamente, con una sonrisa contenida, y tomando un semblante serio y ofensivo, Susana le responde, con casi la misma entonación en que lo ha hecho *Terminhéctor*, y teniendo en cuenta, además, que no la esperaban tan temprano:

—Quien haya tenido la osadía de dejarme parada en medio de una mañana silenciosa, casi a oscuras, con sonidos de extraños pasos que se me acercan y a punto de largarse una fría tormenta…, sufrirá espantosamente y en carne propia el helado filo de mis duras uñas… Algunos, antes de gritar como cerdos, me llaman: "Su… ¡Ah!…"; otros, luego de despertar en el paraíso, me llaman por mi bello nombre: "¡Oh, Susana!…", y con el aliento que les queda esbozan estas últimas palabras: "Susana, todavía siento tu corazón latiendo muy rápido junto al mío… como si continuáramos a toda velocidad por la… ¡autopista del amor!" —termina de responderle a Héctor desde el portero eléctrico.

Con esto, la voz del otro lado del contestador suelta una gran y estruendosa carcajada, la cual, debido al silencio de la mañana, resuena como un eco en el edificio de enfrente y reverbera hacia cada lado de la calle, la cual todavía está muy bien revestida por grandes adoquines, colocados por duras y laboriosas manos desde el siglo pasado.

Y cuando la risa se va disipando, al mismo tiempo se le alterna una frase que Héctor comienza a decir:

—Ja, ja, ja... ¡Susana! Ja, ja, ja... ¡Qué alegría que estés aquí! ¡Y qué respuesta la tuya, ¿eh?! Pensé que era Eduardo, que iba a venir a recibirte también, aunque es muy temprano para que el Edu esté despierto... Pero pasa, Susana; entra, por favor.

Al instante resuena la chicharra del portero eléctrico en toda la cuadra y cuando se destraba la cerradura de la puerta Susana se abre paso hacia el interior de la hermosa casa de Héctor.

Héctor Ayala es un licenciado en Computación y, al igual que Susana, trabaja para una compañía que desarrolla software para hospitales. Su trabajo es diseñar los algoritmos para los accesos de dichos sistemas a sus bases de datos. Estos están comprendidos por diferentes módulos, respecto de los cuales sus funcionalidades van desde el manejo administrativo hasta llevar registros muy completos de las historias clínicas de los pacientes. Incluso el mismo paciente o bien el médico pueden acceder a la propia historia clínica del convaleciente desde cualquier lugar del mundo donde este se encuentre. Con esto se logra que si un paciente necesita ser atendido en otra parte del mundo, el médico que allí lo reciba pueda saber al instante su historial clínico.

Con su inigualable serenidad, excelente razonamiento analítico, aguda intuición, elevada inteligencia y, adornando estas virtudes, un justo y equilibrado humor, Héctor es una persona con quien contar a la hora de enfrentar diferentes adversidades. Una estatura por debajo del promedio para un hombre, unos setenta y dos centímetros sobre el metro, contextura un tanto huesuda, cabello rubio y corto, tez muy blanca, ojos color marrón claro y simétricamente rectos entre sí, y un rostro con facciones alemanas conforman un Héctor muy particular.

—¡Hola, Susana! ¡Buenos días! ¡Qué placer tenerte aquí, amiga virtual! ¡Al fin nos conocemos personalmente…! Has llegado junto con el sol matinal, ¿eh? —comenta Héctor antes de destrabarle la puerta y colgar el tubo del teléfono del portero eléctrico, para luego dirigirse caminando hacia el hall de entrada, en donde la puerta justo termina de cerrarse detrás de Susana.

—¡Terminhéctor! Compañero de la red de redes, ¿cómo estás? Y también es un placer para mí conocerte en persona —responde Susana, al momento que se dan un beso en cada mejilla.

—Me encuentro muy bien, Su... Muchas gracias... Pero te estoy notando un tanto diferente a la Susana que yo conozco en el mundo virtual, además de que estamos en el mundo real. Percibo preocupación en tus ojos... Dime, ¿qué te pasa? —pregunta Héctor con un tono preocupado y colocando sus dos manos, con sus brazos extendidos, sobre los hombros de ella. A los pocos segundos, los bajó, ya que esa es una muestra gestual de preocupación propia de Héctor hacia sus amigos.

—Sí, Héctor, tienes razón, he cambiado... Pero algo que encontró Capnodis me ha hecho cambiar; solo temporalmente, por supuesto. ¿Recuerdas mi programa de búsqueda en profundidad en Internet? Es por lo que encontró Capnodis que los convoqué a esta reunión —responde ella, comenzando a sentir casi los mismos síntomas corporales que al momento de descubrir el documento sobre el Proyecto MIRAR en su propia casa de la Gran Ciudad.

—Cómo no voy a recordar a Capnodis..., un ingenio que representa a un bicho de la naturaleza y también producto de una mente femenina que nunca se detiene... Pero ¿qué encontró ese cabezón del demonio? Me estás preocupando —resuenan las palabras de Héctor en la sala de estar, porque todavía continúan parados allí.

—Mira, Héctor, amigo... Si me haces pasar, me convidas con un vaso con agua y nos sentamos..., te lo cuento todo... Vas a ser el segundo de *nosotros* en saberlo, después de mí, claro...; o..., bueno, el tercero, ya que el *cabezón del demonio* fue el que lo halló primero —termina diciendo Susana con un mejor tono, como preparándose física y psicológicamente para lo que le tiene que decir a Héctor y a todos los demás del equipo, con los cuales debe encontrarse muy pronto. Por supuesto que también lo sabrán todos y cada uno de los demás integrantes de la red ANNON en el mundo.

—¡Uy! —Expresa Héctor con un sentimiento de ahogo—. ¡Mi cortesía fue engullida por un agujero negro supermasivo! Pero, por favor, Su, mil perdones, siéntate. Y... ¿solo agua has de beber? ¿No quieres otra cosa? —termina diciendo, y quedando a la espera para saber si Susana querrá otra bebida.

—No, Héctor, solamente agua fresca, por favor —responde ella.

—¡*Okay, okay*! —y retomando su viaje hacia la heladera, Héctor se dispone a cumplir con lo que Susana le ha pedido: agua fresca, y a la par diciendo en voz alta—: ¡Marche un vaso con agua fresca, proveniente de los mejores manantiales sobre las montañas hectorianas!

—Gracias, Héctor... Tenía tanta sed... —dice ella, luego de beberse el agua en un vaso de cristal de más de cuarto litro en unos pocos segundos—. Además, debo hidratar mis cuerdas vocales, porque lo que te voy a contar y mostrar ahora te va a parecer salido de un libro de ficción... Trae tu *notebook*, por favor, y desconéctala un momento de Internet —indica la ingeniera a su par, con un tono similar a una charla laboral.

Mientras Héctor se va hacia su oficina a buscar el equipo, Susana saca de su bolso un dispositivo de almacenamiento de datos muy pequeño. Es un *pendrive*, un dispositivo de almacenamiento similar a la memoria RAM —que es la memoria que retiene la información que vemos en la pantalla de la PC—, pero con la diferencia de que el *pendrive* no necesita estar energizado para retener la información guardada allí. También son llamados *dispositivos o discos de almacenamiento de estado sólido*; lo de estado sólido es debido a que no tiene partes móviles, como un disco rígido, sino que es una tarjeta con circuitos y chips electrónicos encargados del almacenamiento de los datos. Allí, en ese *pendrive*, tiene guardada una copia del documento.

—Aquí está…, sin Internet…, ¡como lo solicitó, *madame*!, y a la espera de sus indicaciones —dice Héctor con una sonrisa y colocando la *notebook* en la mesa, orientando el equipo hacia donde está Susana.

La mesa se encuentra justo en el centro de un conjunto de cuatro sillones de un hermoso y cómodo juego de living tapizado con un cuero color gris oscuro.

Sonriendo por lo bajo…, por lo de *madame*, Susana toma su *pendrive*, lo enchufa en el puerto USB de la *notebook* y, mientras se escucha un sonido de conexión satisfactoria, le dice lo siguiente:

—Lo que vas a ver ahora te hará caer de espaldas… mínimo, por lo que te sugiero que te acomodes, prepares tu mente y tranquilices tu alma.

Enseguida, da un doble clic sobre el archivo que está guardado en el dispositivo externo.

Con el doble clic de Susana se despliega en pantalla una ventana que queda esperando y solicitando una contraseña. Susana ingresa la clave alfanumérica —números, letras y caracteres especiales— de dieciocho caracteres, la cual es para descomprimir y desencriptar al mismo tiempo el archivo con el documento que contiene el Proyecto MIRAR. El tener comprimido y encriptado un archivo en los medios de almacenamiento extraíbles, como los *pendrives* o CD, es de suma importancia para cualquiera, ya que si son robados o simplemente perdidos todo lo que está guardado allí dentro puede ser visto por cualquier persona que lo encuentre.

De inmediato, el documento se materializa en la pantalla de la *notebook* de Héctor, mostrando la mismísima primera página que Susana ha visto en su casa a través de su mini supercomputadora, en los momentos posteriores a que Capnodis encontrara el archivo y que le avisara del hallazgo con un mensaje sonoro.

La ingeniera de grandes ojos azules cierra sus hermosos labios, acomoda su pelo rubio detrás de sus orejas y con una mano solo se limita a orientar la *notebook* hacia donde Héctor está firmemente sentado…, como devolviéndole el mismo favor de hace un rato. Enseguida, ella se recuesta en el cómodo sillón, entrecruza sus manos sobre su estómago y deja que Héctor comience a ver la pantalla.

Solo falta que se enteren dos personas más.

Capítulo 7

Las puertas del ascensor se abren sigilosamente diez niveles bajo la superficie y Carlos se dispone a caminar hacia su oficina, mientras agarra su portafolio, el cual tenía entre las piernas, justo en el piso del ascensor. Cuando sale, transita por el pasillo, mirando parcialmente y un tanto de reojo hacia arriba, con un aire de desconfianza, observando, además de las luces dicroicas empotradas en el concreto, la hilera de sensores diminutos, todos dispuestos de una manera perfecta, cada dos metros, en el centro del techo, así como los hay en todos y cada uno de los techos del complejo. Cada sensor tiene un rango de detección de forma esférica, y son destinatarios de tal alcance que, en cualquier sector, donde termina el rango de un sensor, comienza el rango de los que están inmediatamente al lado de este. Ese conjunto de rangos, con la mencionada disposición de sus señales, se asemeja a los globos que tiene un vendedor de globos en su mano o carrito; nada puede pasar entremedio sin que sea tocado por alguno de ellos.

El pasillo es de unos quince metros de largo y finaliza con una puerta del mismo estilo que las de la entrada al edificio, y en toda su longitud se hallan varias puertas con unas muy explícitas inscripciones, utilizadas para el acceso a diferentes secciones o áreas del complejo, pintadas de un color blanco opaco y ubicadas a cada lado del pasillo. El piso se asemeja a un espejo humedecido por la acción del vapor del agua caliente procedente de una ducha. Las paredes de concreto están pintadas de un blanco perlado, como en todos los demás sectores.

Carlos, al acercarse a la puerta del final del pasillo, no disminuye para nada el ritmo de sus pasos, ya que, de antemano, y también por costumbre, sabe que ATENEA lo está siguiendo, y según su nivel de autorización, el que guardan los chips implantados en su cuerpo, las puertas se abrirán y él desfilará hacia el sector o área de Operaciones sin ningún retraso. Pues así es.

—¡Buenos días, equipo! ¿Cómo están todos? ¿Alguna novedad? —expresa con una voz fuerte y convencida, propia de un líder nato.

Carlos siempre les demuestra a su equipo, con su ejemplo diario, actos de decisión, perseverancia, autocontrol, firmeza, tolerancia y honestidad, entre otras virtudes. Es más, él es tan perseverante en sus actos diarios que logra contagiárselos a cada miembro de su equipo.

—¡Buenos días, Carlos! —contestan todos en su equipo como si fueran un coro y hubieran ensayado para ello.

Solo es coincidencia. Nadie duda en responderle al instante. Es un sentimiento que aparentemente han asimilado todos de la misma manera. Pero luego, cada uno de ellos tendrá la muy bienvenida y esperada visita personal de parte de su jefe, cuando uno por uno mantiene una cordial y pequeña charla con él, respecto de la cual, personalmente, les pregunta desde cómo está cada miembro del equipo, pasando por sus familiares, y finalizando por el estado del trabajo de cada uno. Carlos también recibe similares preguntas de parte de los miembros de su equipo.

En el área de Operaciones de MIRAR, y donde se encuentra la supercomputadora ATENEA, un piso más abajo, en el piso -11, siempre hay lugar para la tolerancia, el respeto, la cordialidad, el entendimiento y, como un dios que se yergue sobre sus fieles, la sabiduría entre los miembros del equipo.

Capítulo 8

Héctor aleja la mirada que recién tenía puesta en Susana y al mismo tiempo la va bajando hasta encontrarse frente a frente con la pantalla de su *notebook*. Él está muy bien sentado y recostado en su sillón, pero luego de unos segundos de examinar la primera página del documento que le ha mostrado Susana al momento de enfocarle la *notebook* hacia él, rápidamente se despega de su respaldo como si lo hubieran empujado abruptamente desde atrás. Colocando sus dos manos en ambas rodillas, se acerca lo más que da su cuerpo, con la cara puesta fijamente hacia la pantalla. Se queda inmóvil unos instantes; solo se perciben sus movimientos oculares al leer el documento; osa darle un vistazo de preocupación a Susana y retorna su mirada a la pantalla. Susana no dice una palabra.

Con un tono preocupante, y olvidando totalmente las acostumbradas palabras cómicas que muchas veces inserta entre sus frases, dice, sin siquiera levantar la vista y solamente moviéndose para colocar sus dos manos en la mesa a cada lado de su *notebook*:

—¡Esto es imposible! Esto no es posible…, ¿no?

Susana solo se limita a mirarlo, haciendo un pequeño movimiento de cara y arqueando sus cejas, como expresando su extrema preocupación.

—Pero… Pero si esto es cierto…, ¿cómo no nos enteramos nosotros? Claro, no se habrá hecho público —continúa diciendo Héctor—. Y… ¿cómo lo encontró Capnodis, si es *top secret*…? Esto…, esto no debería haber estado al alcance de tu programa…, ¿no? —prosigue Héctor, pero ya con un tono más analítico que el de una simple charla con su par femenino.

Susana, sin dejarlo continuar, es directa y concisa:

—Héctor, estamos en presencia del más duro golpe a la libertad de expresión de que ha sido partícipe Internet desde su

94

creación, y MIRAR ya está operando desde hace mucho tiempo.

—Eso es lo que intuí al ver el contenido de la primera hoja nada más. ¡Hay que ver el resto del documento! —sigue diciendo Héctor, con una cara visiblemente de preocupación.

—Y por lo poco que leí —continúa Susana—, están espiando todos los movimientos que hacemos nosotros, y no me refiero a ANNON, sino a todos los usuarios de la red de redes. Nuestras webs, blogs, emails, nuestros registros de navegación en Internet, lo que hasta hace poco solo tenían nuestros proveedores del servicio de Internet. También saben qué tipo de transacciones hacemos; hasta pueden cerrar dominios de Internet. Todo…, todo, absolutamente todo, y si se limitara solamente a nuestro país sería un *gran problema también*, pero a menor escala —termina diciendo Susana.

—¿Qué? ¿Esto es global? Pe…, pero estamos ante una amenaza a la propiedad privada virtual de todos los usuarios del mundo —visiblemente apesadumbrado termina agregando el dueño de casa.

—Coincido exactamente con lo que has deducido. Debemos hacer algo, Héctor; no nos podemos quedar con los brazos cruzados… Bueno, digamos…, nunca lo hacemos, pero es esencial que vengan Eduardo y María Rosa. Debemos desarrollar un plan. Tenemos que ver ese documento en detalle, entre los cuatro. Si alguien lo colocó por unas horas en Internet para que, gracias a la causalidad más que a la casualidad, nosotros lo encontráramos, habrá dejado algunos mensajes, pistas, ocultos o no, para que de nuestra parte podamos hallar sus instalaciones físicas, alguna dirección IP que nos dé la oportunidad de acceder a su red, algún otro contacto… Es decir, no van a dejar un documento *ultrasecreto* como este —dice Susana, mientras señala la pantalla de la *notebook*— publicado en Internet sin dar alguna pista de cómo encontrar las instalaciones del Proyecto MIRAR y sus accesos edilicios…; además, por supuesto, de su red de computadoras internas…, ¿no?

—Es muy lógico Su. El documento de por sí no nos es útil… para nada; solo obtendríamos detalles de cómo es el proyecto. Y como tú lo has dicho, concuerdo contigo en que este documento debe contener algún mensaje oculto. Pongámonos manos a la obra, ¡mujer de uñas frías! — intercala Héctor para aliviar un poco la tensión generada—, y analicemos de punta a punta el documento —y, levantando la vista hacia Susana, continúa diciendo—: pero primero lo primero: llamemos al resto del equipo.

Capítulo 9

En el interior de las instalaciones del Proyecto MIRAR, además de pulular por todos sus ámbitos las mayores mentes analíticas y psicofísicamente estables del mundo, se encuentran también, y vanagloriándose de ser las mejores y más sofisticadas herramientas del mundo, por un lado, una gran supercomputadora; a esta máquina, que parece haber salido de una novela de ciencia ficción, se la considera, internamente —ya que su existencia es un gran secreto hacia el exterior—, una innovación tecnológica en el campo de la supercomputación, a la cual le dan vida diferentes programas o softwares que actúan de forma paralela, pero interrelacionados entre sí.

¿Qué hace que esta supercomputadora denominada ATENEA y sus programas, llamados *hilos cuánticos*, sean una innovación tecnológica?

Pues lo que significa una verdadera innovación es que las tecnologías utilizadas tanto en la construcción de ATENEA como en el desarrollo de los algoritmos de inteligencia artificial (IA) que se ejecutan dentro de sus circuitos de última generación fueron desarrollados pensando en un nuevo paradigma de construcción de computadoras. Las computadoras que actualmente conocemos, y que suelen estar al alcance de cualquier persona y en cualquier momento, han sido y son construidas bajo una arquitectura estándar, llamada *arquitectura de Von Neumann*. Esta tecnología de construcción engloba un conjunto de otras arquitecturas subyacentes, y, en conjunto, todas ellas se basan en soportar tanto los datos como también las instrucciones —de memoria ROM, programas, etcétera— sobre un mismo dispositivo de almacenamiento común.

Esta arquitectura, en honor a John von Neumann —matemático de origen húngaro—, nace luego de que este participara en un proyecto de computadora llamado ENIAC —acrónimo de Computador e Integrador Numérico Electrónico—, construida con dieciocho mil válvulas o lámparas al vacío, la cual podía resolver un problema complejo en dos horas, mientras que un grupo de científicos lo resolvería en años. Como John tenía que reacomodar los cables de conexión de la ENIAC para cada nueva tarea que se valía de los datos residentes en memoria, buscó una solución muy original para esto. La solución que pensó Von Neumann al problema del recableado fue el de hacer que la información almacenada sobre las operaciones a realizar se guardasen en el mismo dispositivo en donde se alojaban los datos; es decir, información de las operaciones y los datos, ambos en la misma memoria, la cual antes era utilizada solamente para los datos.

Entonces, las computadoras de hoy en día, que utilizan esta arquitectura de Von Neumann, simplemente están basadas en cinco secciones principales y que son: La *unidad aritmética y lógica*, o ALU; la *unidad de control*, o UC; la *memoria* —ejemplo: RAM y ROM—; *dispositivos de entrada/salida* —

ejemplo: teclado, monitor, *mouse*, impresora, etcétera—; y, por último, el *bus de datos*, el cual cumple, al igual que los buses sobre las calles de una ciudad, las veces de *transporte de los datos* entre cada una de estas cinco partes. Como dato adjunto, la ALU y la UC conforman lo que comúnmente se conoce como la CPU —o UCP, en castellano—, que es un acrónimo de *Unidad de Control de Procesos*. Esta es como el *cerebro* de cada computadora. Es la parte *pensante*, la que toma los datos de una *entrada* y los *procesa* para luego presentar los resultados en forma de *salida*. Todos los datos que circulan por estas cinco secciones utilizan internamente *unos* y *ceros* —los que separadamente, un 1 o un 0, se denominan *bits*, que es la unidad mínima de información— para formar, entender y manipular los datos. Estas máquinas solo entienden *palabras binarias* de *unos* y *ceros* internamente. Y a nivel eléctrico, estas palabras o conjuntos de unos y ceros representan pulsos eléctricos bajos y/o altos. Entonces, por ejemplo, si se necesita que las computadoras de hoy en día entiendan la frase *John von Neumann* para que puedan realizar alguna operación sobre dicha frase internamente, esta expresión debe circular por sus *buses de datos* de la siguiente manera:

01001010   01101111   01101000

01101110   00100000   01010110   01101111

01101110   00100000   01001110   01100101

01110101   01101101   01100001   01101110

01101110

(FRASE *JOHN VON NEUMANN* EN CÓDIGO BINARIO)

Muy por el contrario, ATENEA no utiliza para nada la arquitectura clásica de John von Neumann. Esta supercomputadora usa un paradigma —forma de pensar y hacer las cosas— muy diferente al de Neumann, un paradigma que va más allá de todo lo visto hasta ahora por la mayoría de los mortales de este planeta, un paradigma innovador en el mundo de las tecnologías de la información y las comunicaciones, un paradigma un tanto diferente; más bien, totalmente diferente. ATENEA fue construida, con su arquitectura basada en una teoría muy alejada de la informática, llamada: *física cuántica* —no la física que se presenta cada día ante los ojos de todos y que muchas personas la saben comprender y definir, como ser fuerza, aceleración, inercia, calor, energía, dispersión, etcétera—. La física cuántica, o también llamada física de lo *micro*, ya que se basa en medir las propiedades de los elementos más pequeños del universo, las partículas subatómicas, es moldeada por las propiedades que tienen dichas partículas subatómicas. Estas partículas, que *orbitan* los núcleos de los átomos, como por ejemplo, los *fotones* —partículas que forman la luz, o más específicamente partículas elementales portadoras de toda radiación electromagnética—, tienen, entre otras propiedades, una en especial, que es la utilizada conceptualmente en la arquitectura para la construcción de las computadoras cuánticas. Dicha propiedad es la de *superposición de estados cuánticos* o *estado cubital puro*, la cual explica que una misma partícula, ese *fotón* de luz, por ejemplo, puede estar en dos o más lugares diferentes al mismo tiempo, sin importar las distancias. Esto último, en la *física de lo macro*, no se da ni por asomo, ya que un mismo balón de fútbol —en principio— no podría estar en dos lugares diferentes y distantes al mismo tiempo…, a menos que la *teoría de branas*, de *multiversos* o de *universos paralelos* sean demostradas empíricamente. Pero, por ahora, como no han sido comprobadas en la práctica, la pelota seguirá siendo una sola, y va a estar en lugares diferentes, en diferentes momentos.

Esa propiedad de superposición de estados es usada para las arquitecturas de construcción de computadoras cuánticas, junto con sus sistemas operativos —por ejemplo, lo que Windows o Linux son para la arquitectura de Von Neumann— y sus programas o softwares específicos.

ATENEA utiliza, al igual que las computadoras Von Neumann, ceros y unos para su manejo interno, pero en lugar de ser en código *binario* —el prefijo *bi* significa dos, o sea que el código binario maneja unos y/o ceros en distintos momentos—, donde cada unidad mínima de información es llamada *bit*. ATENEA se basa en lo que han denominado los científicos como *qubits*, o también llamados *quantum bits* o bits cuánticos. Los qubits, al igual que sus homólogos de la física cuántica, se basan en el concepto de superposición de estados, por lo que cada qubit puede tener, en principio, dos valores *al mismo tiempo* —los bits de Neumann tienen un solo valor al mismo tiempo—; es decir que un qubit puede llegar a tener una combinación de un 1 y un 0 en el mismo momento; un qubit puede valer *11*, valer *10*, valer *01* o valer *00* en el mismísimo instante de tiempo. Esto se denomina *compresión de Schumacher*, en honor a Benjamin Schumacher, quien describió la manera de comprimir dos estados formados por un uno y un cero en un mismo momento. Tanto el hardware como el software de ATENEA soporta esta dualidad; pero también es posible que un qubit se encuentre en otro estado cuántico, el cual recibe el nombre de *estado de entrelazamiento cuántico*, que simplemente se refiere a una combinación de los dos estados concurrentes de un qubit, descrito por el nombre *ebit*. También se forman, a partir del estado propio de cada qubit, los denominados *qutrit* de tres estados —0, 1 y 2—, con lo que pueden llegar a obtenerse muchas más dimensiones, según se define en la teoría denominada *Espacio de Hilbert*, la cual extiende matemáticamente estas dos y tres dimensiones de los bits cuánticos a espacios de dimensiones infinitas.

Hay que recordar que las distancias no son relevantes para esta dualidad infinita de unos y ceros que forman los bits cuánticos instantáneos, por lo que ATENEA realiza sus operaciones o cálculos de una manera extremadamente superior a todas y cada una de las supercomputadoras con arquitectura de Von Neumann existentes. Salvo que exista otra como ella.

Solo es preciso imaginar que si, por ejemplo, una persona está escribiendo un libro en una computadora cuántica, con programas cuánticos, etcétera, otra persona del otro lado del mundo, con la misma tecnología, podría estar viendo en el mismo instante lo que la primera persona escribe. Algunos dirán: "Pero esto ya sucede normalmente"…; pues no, ya que siempre, por pequeño que sea, existe un retardo, un *delay*. En este *ejemplo cuántico*, el retardo sería simplemente *cero*. Y si ese libro tuviera diez páginas o bien veinte millones de páginas, también el retardo de actualización del libro, en cada lugar, sería *cero*, debido a que, de acuerdo con lo que dicta la propiedad de superposición cuántica, ese libro *realmente* se encuentra en dos lugares al mismo tiempo y sin importar la distancia entre esos dos sitios.

Pues ATENEA es así, perfecta e impaciente.

Capítulo 10

El área de Operaciones, en el piso -10, es un área de
forma oval, donde la oficina de Carlos ostenta la mejor visión
del sector. Su oficina tiene un gran ventanal, pero apuntando
hacia adentro, hacia el centro de operaciones y control de
MIRAR. A modo de ventanales gigantes que simulan ver un
exterior cuelgan, en sentido opuesto a los ventanales del
centro de operaciones, cuatro monitores planos, demasiado
planos, con tecnología LED, los cuales, de forma constante,
muestran imágenes, entre fotografías y videos, de paisajes y
lugares hermosos de nuestro mundo. Incluso, si ATENEA
detecta patrones de irritabilidad, congoja, tristeza, alegría,

etcétera, con solo escuchar las palabras de Carlos dentro de su oficina ajusta o cambia las imágenes o videos mostrados en las cuatro pantallas LED automáticamente, dependiendo de dicho estado de ánimo. Por ejemplo, si un día ATENEA detecta que el jefe de Operaciones está muy contento, coloca imágenes de paisajes comunes; si percibe sentimientos de tristeza, ATENEA muestra imágenes con bajo contenido emocional y alta comicidad; si la supercomputadora detecta que Carlos se siente irritable, presenta imágenes de sus familiares o de lugares con mucha agua, y un largo etcétera.

Su escritorio tiene la forma de un plátano, pero proporcionalmente más ancho y de un acrílico muy fuerte; es una mesa que rodea parcialmente a la persona que se sienta detrás. Sobre ella solo se ve una gran pantalla LED y un teclado táctil muy delgado, aunque de las mismas dimensiones de largo y profundidad que los normales. Desde esta oficina, Carlos lo controla todo.

Un metro más abajo está el área de Operaciones en sí, donde cinco personas trabajan con turnos simples y de lunes a viernes, ya que las mayores decisiones las toma ATENEA. No es prioridad que haya turnos de veinticuatro horas, pero si es necesaria la presencia humana en el complejo, ATENEA da aviso por sí sola, respetando la jerarquía, al que esté de turno en ese momento, o bien al mismísimo jefe. Incluso, si Carlos no está ubicable, ATENEA continúa escalando.

El área de Operaciones se asemeja a un centro de control de misiones satelitales de alguna agencia espacial, debido a que está repleta de monitores planos, formando semicírculos y convergiendo frente a la gran pantalla, la que todos ven, donde constantemente ATENEA muestra el estado de cada operación, según las reglas del Proyecto MIRAR.

Operaciones y Control está en el piso -10.

ATENEA es el ojo que lo ve y el oído que lo escucha absolutamente todo desde el nivel subterráneo -11.

Este monstruo digital, con tecnología de procesamiento de datos basada en una propiedad de la mecánica cuántica, es un coloso de la hipervelocidad y de la manipulación de datos, ya que integra en sus circuitos electrónicos la tecnología más avanzada existente, denominada *computación cuántica*. De todos modos, dentro del complejo del Proyecto MIRAR solo ATENEA tiene esta tecnología de superposición de estados. Todos los demás, ya sean servidores, computadoras de escritorio, *notebooks* y los diferentes dispositivos que conforman la red de computadoras, sin dejar de ser de última tecnología, son estándar y muy similares a los que se utilizan en las redes de cualquier organización. Solamente la supercomputadora ATENEA es cuántica. Lo que se persigue con esta innovación es poder procesar, en un abrir y cerrar de ojos, la vastísima cantidad de datos que le llegan cada segundo para después tomar una decisión y, posteriormente, una acción.

ATENEA también tiene un cuerpo, el cual se encuentra ubicado en el medio del *datacenter* emplazado en el piso número -11, la cual se yergue sobre el suelo de concreto, asemejándose a una submarino nuclear al momento de emerger inesperadamente a la superficie del océano.

Dotada de un cuerpo rígido, de forma hexagonal y una altura de metro y medio, se alojan, entre sus entrañas digitales, diferentes circuitos y microprocesadores cuánticos que trabajan en paralelo. Luces de estatus se vislumbran en su frente y no existe allí ningún dispositivo de entrada o salida de datos como monitores, teclados, impresoras, etcétera. Solo está ella, incólume, con aparente indiferencia a quien la mira, poderosa, desafiante, magnífica e insuperable.

De cualquier manera, el alcance de ATENEA no es solo referente a las instalaciones de MIRAR.

Su alcance es… el mundo.

Su límite es… ella misma.

Capítulo 11

Mientras Susana y Héctor recorren rápidamente el documento, se escucha el llamado del portero eléctrico.

—Deben ser Eduardo y María Rosa... Ya vuelvo, Su —dice el anfitrión con un tono aliviado, debido a que ocho ojos ven más que cuatro y cuatro cerebros resuelven un problema mejor que dos..., en teoría.

Héctor, como está cerca de la puerta, primero ve por el ojo mirador y constata que son los dos compañeros que faltaban llegar, con lo cual rápidamente se dirige al teléfono del portero y les habla, al igual que con Susana, con una voz gruesa y desafiante:

—¿Quién se atreve a interrumpirme en medio de una lección de informática avanzada, aplicada mediante *interpolación por el método de los splines cúbicos...*? Deberían saber que nos encontramos *minimizando las asperezas* producidas por un encuentro sin precedentes entre un *gusano cabezón del demonio* y... el mismo demonio —termina comediando *Terminhéctor*, y luego cambiando súbitamente de tono al decir esas tres ultimas palabras, como si lo hubieran regresado rápidamente a la realidad. Pues eso pasó.

Del otro lado del portero, unas risas masculinas y femeninas se hacen eco en la sala en donde se encuentra Héctor, y luego una voz femenina se *hace escuchar*:

—¡Quien no nos abra la puerta en menos de cinco segundos sentirá cómo los *splines cúbicos* se abren paso entre sus nalgas, tal como lo hace un agujero negro supermasivo, el cual se traga todo lo que encuentra en su camino...! Somos el Edu y la que suscribe... ¡Ábrenos, Héctor! —responde María Rosa, del mismo modo que Héctor, desde el otro lado de la puerta.

Héctor, al ver el *peligro* que corre su trasero, sin dudarlo un minuto presiona el pulsador para destrabarles las puertas y que los dos integrantes que faltaban llegar ingresen a su casa.

Eduardo y María Rosa ya conocen la casa, por lo que se dirigen directamente al living, donde ya habían divisado, al ir entrando, una *notebook* encendida sobre la mesa y una mujer sentada frente a esta. Luego de dejar paraguas y pilotos en la entrada, en los lugares destinados para ellos, se dirigen hacia el living. Aún no ha empezado a llover, pero son personas muy precavidas.

Como una coincidencia ensayada de antemano, Héctor y los dos recién llegados, por distintas y anchas puertas, ingresan adonde se encuentra Susana. Todos entran al mismísimo tiempo por dos lugares diferentes y muy separados. Si los ingresantes al living fueran una sola partícula de luz, o sea, si fueran un *fotón*, estarían dando un excelente ejemplo práctico de mecánica cuántica.

Allí, en el living, todos se saludan de una manera muy alegre y amena, e intercalan charlas de vivencias pasadas en conjunto, mezcladas con carcajadas y palmadas en la espalda;

cosas de amigos. Se sientan y continúan charlando y preguntando cómo están las vidas de cada uno. Héctor va a la cocina y trae bebida de cola para todos y unos facturines riquísimos. Parece que los recibimientos mutuos no terminan nunca; que si por ellos fuera seguirían así todo el día, ya que hacía bastante tiempo que Héctor y los recién llegados no se veían personalmente, y a Susana solamente la veían por intermedio de sus variadas videoconferencias encriptadas. Pero llega el momento de la intriga y de bajar de velocidad, debido a que Eduardo, mientras toma un trago de bebida de cola, posiciona su cabeza unos centímetros hacia atrás y sus ojos se apartan del grupo para mirar leve e inocentemente lo que la pantalla de la *notebook* muestra —Susana había colocado nuevamente la primera página del Proyecto MIRAR al momento de escuchar el timbre del portero—. Los ojos de Eduardo se ponen tan grandes como bochones, desciende raudamente su brazo con la bebida en su mano, baja su cabeza para mirar con mucha atención y enseguida comienza a acercar su cuerpo hacia la pantalla, cuando se le hace más claro lo que ha visto de reojo un rato antes. Se abstrae de forma abrupta de la algarabía y recibimientos mutuos y queda como petrificado, mirando la pantalla. Todos los demás van mermando el jolgorio y prestando atención a Eduardo, quien se encuentra inmóvil, como si hubiera visto un fantasma.

Enseguida, salta María Rosa, quien ahora pasa a ser la única persona que todavía no sabe sobre el Proyecto MIRAR, la cual vocifera a Eduardo, con aire de preocupación y de interrogación: —Edu…, ¿qué te pasa? ¿Qué estás viendo?

Eduardo no responde nada; solo atina a mover levemente la base de su cabeza, como tratando de prestarle atención, ya que todavía está en una especie de trance tecnológico, el mismo trance en que Susana se encontró cuando vio por primera vez las páginas del Proyecto MIRAR.

—¡¿Eduardo?! —dice María Rosa, pero este continúa sin responderle.

Héctor y Susana ya saben por qué Eduardo está así, por lo que no expresan palabra alguna. María Rosa detecta qué es lo que está atrapando tanto la atención de Eduardo, por lo que ella no tiene más remedio y también se dispone a bajar la mirada hacia la pantalla de la *notebook*.

Ahora pasan a ser dos los que han visto… el mismo *fantasma*.

Eduardo Martín Pedrozza es un gran desarrollador de software en una empresa denominada *Software Factory Corp.*, encargado del diseño, desarrollo, implementación y modificación de módulos de un gran sistema de tipo ERP — Enterprise Resource Planning, o Planeamiento de Recursos de Empresa—. Con una excelente faceta analítico-deductiva, Eduardo es un niño mimado dentro de su trabajo. Fisonómicamente, es una persona alta, de aproximadamente un metro con setenta y ocho centímetros, bastante corpulento, casi atlético, de pelo castaño claro, tez blanca, ojos color negro y rostro con rasgos centroamericanos.

María Rosa Montanari es licenciada en Sistemas de Información y actualmente trabaja en el área de desarrollo de sistemas para telecomunicaciones en una empresa de telefonía con alcance mundial. María es dueña de una estatura normal, de un metro con sesenta y nueve centímetros, pelo castaño oscuro y muy ondeado, color de piel morena, hermosos y grandes ojos levemente achinados y de color negro, y un cuerpo moldeado por los dioses; su cara es un tanto alargada. La coronan bellos labios, levemente gruesos, y una nariz recta, aunque casi respingada, lo que hace de María otra perfección de la naturaleza.

Capítulo 12

ATENEA es tan impaciente que no espera *nada* a la hora de manipular los datos. Para esto, se vale de varios procesadores cuánticos trabajando en paralelo, cada uno de ellos de 512 qubits de poder computacional. Para poder ubicarse con entendimiento frente a este gran avance, un procesador cuántico de 512 qubits equivaldría a un procesador convencional —un procesador Von Neumann— de 170 teraflops, es decir que ATENEA puede realizar, con solo uno de los varios procesadores que tiene en sus costosas entrañas, 170 billones de operaciones matemáticas de coma flotante por segundo. Como las operaciones matemáticas con coma son las más costosas, a nivel de procesamiento computacional, ello explica el porqué de que esta unidad de medida sea la utilizada, el teraflops, en donde Tera equivale a un billón y *flops* es el acrónimo de *Float Operation Per Second* u *Operaciones Flotantes por Segundo*.

Los programas o softwares cuánticos que se ejecutan en ATENEA no son menos complejos que sus circuitos y microprocesadores cuánticos. Estos sistemas o algoritmos, programados con técnicas de *inteligencia artificial*, que hacen las veces del alma y le proporcionan la conciencia sobre la cual se le define la existencia como tal a esta supercomputadora, son los encargados de hacerle tomar todas las decisiones en base a los incontables problemas y demás cuestiones que definen el Proyecto MIRAR, independientemente de la complejidad de los temas a tratar. Como si fuera poco, además de controlar los movimientos de todo y de todos dentro del complejo, puede entablar una conversación inteligente con los seres humanos, puede atender el teléfono —haciendo las veces de un contestador multimillonario— y hablar con la persona que esté llamando sin que esta última se percate de que una computadora está del otro lado del tubo y *parlando* racionalmente. Además, ATENEA algunas veces se ha referido a sí misma con un enigmático *yo*.

Los programas que utilizan conceptos de inteligencia artificial se basan en *imitar* la manera en que piensa, evalúa y actúa un ser humano; es decir, llevar a cabo un *pensamiento racional* ante una cierta información de entrada con la que poder dar una respuesta racional de salida. El desarrollo de estos algoritmos se basa en el manejo de lenguajes de programación muy diferentes a los tradicionales, ya que se sustentan sobre un paradigma por demás apartado de lo convencional. Son lenguajes desarrollados para hacer *pensar racionalmente* a las máquinas.

ATENEA es única.

Su presupuesto, también.

Capítulo 13

—Bueno... —dice Susana, como preparándose para liderar el *grupo de los cuatro*—, es obvio que ahora todos nosotros estamos al tanto del mismo tema..., ¿no? Héctor, ¿tienes tu proyector en condiciones...? Debemos analizar hoja por hoja, todos en conjunto, para averiguar la persona remitente de este documento, algunas direcciones IP de MIRAR, dirección postal del complejo, claves, etcétera, etcétera, y estoy segura de que encontraremos algo de eso allí... El documento solo, en sí mismo, no nos serviría para nada... Y si alguien tuvo una real intención de publicarlo durante unas horas es porque encontraremos la manera de detenerlos —termina diciendo la ingeniera.

Eduardo y María Rosa continúan mirando el mismo *fantasma* con una expresión de horror y totalmente boquiabiertos, ya que, al igual que sus otros dos pares, no pueden creer lo que tienen ante sus ojos. Es la censura más grande sufrida en cualquier medio de comunicación hasta ahora.

—¡No lo puedo creer...! ¡No quiero ni imaginarme la manera en que nos están controlando...! Y esto parece que se da desde hace mucho tiempo ya —dice Eduardo, que se lo ve muy enojado.

—A mí me pasa lo mismo. Es inaudito que esto esté pasando... Pero veámoslo con mayor profundidad en el proyector de Héctor y analicemos cada página; en alguna debe estar lo que buscamos —completa María Rosa luego de las palabras de Eduardo.

—Aquí está el *Proyecto R* —dice Héctor, mientras se acerca al living y coloca el aparato de proyección de imágenes sobre la mesa en que reposa la *notebook*, y luego apuntándolo hacia una gran pared blanca que tiene enfrente.

—¿Proyecto R? —dicen todos casi al unísono.

—¿Qué es eso? —pregunta Susana.

Héctor, con una sonrisa un tanto burlona comenta:

—El *proyector*..., queridos colegas, ¡el proyector! Y a abrir sus mentes, por favor... A partir de ahora, el *pensamiento lateral* debe estar presente en todas las dimensiones de nuestro análisis del documento..., ¿eh, muchachos?

El pensamiento lateral es una manera de aplicar los conocimientos de cada persona para resolver los problemas de una forma indirecta y creativa. Edward de Bono, en su libro *El uso del pensamiento lateral*, publicado en 1967, se refiere a esta técnica para la resolución de problemas como una forma de reorganización de los pensamientos, aplicando diferentes estrategias para nada ortodoxas, las cuales no son usadas en el clásico pensamiento lógico. Las ideas de esta técnica, para que sean producto del pensamiento lateral, deben estar fuera del patrón del pensamiento común.

Al terminar de hablar Héctor, todos responden con una ensalada de "Sí", "Okay", "Bueno", etcétera, para comenzar el análisis del documento.

Todos se predisponen física y mentalmente, y comienzan a observar con detenimiento la pared donde se está proyectando la primera página del documento.

—Bueno, Su..., te cedo la palabra. Comienza mostrando cada página para que entre todos podamos extraerle la información que buscamos..., dónde están las instalaciones de MIRAR, qué configuración de red tiene, quién es esa persona que publicó el documento... y dónde y cuándo sería posible el contacto con este sujeto —expresa Héctor, ahora sí con mucha seriedad y determinación.

Comienza a hablar Susana, haciéndoles una breve introducción sobre cómo encontró el documento, sobre su programa Capnodis, que ya todos conocen, sobre la idea central del Proyecto MIRAR, etcétera. Todos atienden con cada uno de sus sentidos puestos en Susana..., menos el sentido del tacto, por supuesto.

Pasan unas horas analizando detenidamente cada rincón dentro de cada página del documento, sin hallar nada más que información propia del Proyecto MIRAR y ningún dato que les dé una pista para establecer contacto con el remitente y con MIRAR.

Al momento que Susana adelanta una página más, la cual se muestra en toda su extensión sobre la pared donde está siendo proyectada, Eduardo, que estaba impresionantemente concentrado, da un salto repentino y, sin despegar la vista de la proyección, les dice a todos con un tono angustiado y de decepción:

—¿La supercomputadora ATENEA es cuántica…? Por todas las estrellas del cielo…, ¿cómo detendremos una tecnología que recién está comenzando a manipularse, a entenderse y también a comercializarse…? Cada uno de los que estamos aquí, y estoy seguro de que también todos dentro de ANNON, en mayor o menor medida, sabemos las bases de la computación cuántica, pero tratar de acceder a ATENEA para causarle alguna especie de *paro cardíaco cuántico* me parece otro tema muy distinto… Uf, señores, estamos lejos — Eduardo finaliza con un aire de desazón…, pero no bajará los brazos, eso está muy claro.

—Pero, Edu, ¡qué rapidez, por favor! ¿Recién se mostró la página y ya te diste cuenta de que ATENEA es cuántica? —le responde María Rosa.

—Es que justo mis ojos vieron ese concepto, "computación cuántica", ni bien Susana pasó a esta página… Además, está entre comillas, en negrita y subrayado…, por eso me llamó la atención —replica Eduardo.

—Bueno, queridos compañeros —prosigue Héctor con la charla—, no nos detendremos por una computadora que, al parecer, es la única cuántica, según leo en esta página… Todo lo demás, todas las computadoras, servidores, *firewalls* y equipos activos como *routers*, *switches*, *media converters*, etcétera, etcétera, utilizan tecnología convencional. Esto quiere decir que sí…, sí, señor y señoritas…, el realizar algún accionar de nuestra parte para detener a MIRAR está muy a nuestro alcance, por lo que les propongo tranquilizarnos y continuar enfocados en el análisis. Debemos hallar lo que todavía no encontramos —finaliza Héctor con un tono proactivo y tranquilizador.

—¡Pasando a la página siguiente! —dice Susana, luego de que todos analizaran la página actual y no encontraran nada más que datos propios del Proyecto MIRAR.

Así continúa sucediendo un par de horas más, página tras página, sin hallar ningún indicio de lo que están esperando encontrar. Ya han pasado variados tipos de bebidas y comidas por cada integrante del equipo. La desesperanza y la impaciencia comienzan a hacerse paso entre algunos integrantes. Los debates y charlas se suceden, pero no hay nada que indique ser un mensaje, un código, una dirección IP… Nada.

Pero su suerte está a punto de dar un giro de 360 grados. Cuando Susana adelanta otra página, por medio de su mando a distancia, el cual también es puntero láser, y a modo de concederles piedad a esas cuatro almas cansadas y mentes desgastadas, el proyector presenta ante los ocho ojos algo que les devolverá el alma a sus cuerpos, las energías a sus músculos y las neuronas a su lugar, algo que es visualmente diferente a todas las páginas mostradas hasta ahora, un tanto familiar, pero muy raro, algo que difícilmente puedan resolver sin utilizar como mínimo las técnicas de pensamiento lateral, algo que los deja a todos sumergidos en un silencio absoluto y en el mismo trance tecnológico en que estuvieron Susana y Eduardo. Solo está esa página, solo están los cuatro, que ahora se encuentran transformados en una especie de entes corpóreos inamovibles; sus técnicas de pensamiento lateral y lógico están en ebullición. Lo pueden VER…, pero no lo pueden MIRAR. El contenido de la página, que en principio muestra una rara frase, la que a primera, segunda y enésima vista es incomprensible, atormenta con total oscuridad el entendimiento de cada uno de los integrantes. Primero se deja ver lo siguiente:

ENT EAR ONT REL MAR RAR ASU ANC ANL
NID UAT AVE ADE ROS RDA SYL OLO DOC
ANA ASI ULT DAS ENC ADA

Y al pie de este grupo de siglas de tres letras sin ningún sentido aparente se hace ver una frase, a modo de acertijo, escrita en nuestro idioma natural, pero igualmente confusa, la cual expresa:

El orden se halla en el 24. Ocho filas, yendo de a tres, cruzarán tres campos. El útero relleno, desde la colina hasta el valle. Desde el Occidente hacia el Oriente.

Todos leen calladamente una y otra vez lo que estos dos párrafos quieren decir. Nadie hace la punta para comenzar el verdadero análisis. En realidad, nadie despierta todavía de su trance tecnológico, en respuesta a que todavía continúan con la atención puesta en la extraña página.

Después de unos minutos, un sonido proveniente de la *notebook* de Héctor los trae a todos de vuelta. Cada cual se recupera del asombro y, gracias a la perseverancia, característica muy común en los miembros de ANNON, Susana dice para todo el grupo unas palabras de aliento y tranquilizadoras, a las cuales suma las siguientes:

—Queridos amigos, estamos aquí con un propósito y un fin, que es detener a MIRAR…, ¡y lo vamos a lograr!, así que pongámonos a analizar, en primer lugar, lo que efectivamente está al alcance de nuestro entendimiento: la intrincada frase que se encuentra debajo de las siglas que por ahora nos son incomprensibles —termina Susana, con tono de liderazgo.

Enseguida, continúa, para organizar el análisis, expresando lo siguiente:

—Comencemos a analizar la frase por partes… ¿Qué dice la primera parte?

—"El orden se halla en el 24" —dice María Rosa.

—Estamos de acuerdo —enseguida agrega Héctor— en que esa primera frase parece ser introductoria a esta especie de acertijo, ¿no? Es decir, yo entiendo que el número 24 es el que nos daría, de alguna manera, el indicio final, la comprensión del todo… Pero sigamos con lo demás.

Susana toma la punta, añadiendo al análisis la segunda frase:

—"Ocho filas, yendo de a tres, cruzarán tres campos"… ¿Ocho filas de qué…? ¿Tres campos de qué…? ¡Un momento! Creo que no va a ser tan difícil. Ocho por tres es 24…, y recuerden que el número 24 nos da el orden.

Eduardo agrega sin vacilar:

—Entonces, en primer lugar, tenemos un orden… No sabemos de qué, pero lo tenemos… Sabemos que el orden se da por una relación del ocho con el tres; ahora, ¿qué tipo de relación?

Susana retoma sus palabras, agregando:

—Como estamos analizando números, utilicemos, en primer lugar, una relación que sería la más lógica y la más conveniente... No estamos analizando letras, ya que sino deberíamos utilizar reglas sintácticas y semánticas; estamos analizando números: el número 24, que expresa un orden y una relación entre los números ocho y tres. Por lo que entiendo, la relación debería ser puramente matemática y muy simple. Si ocho por tres es 24 y 24 es el que nos da el orden..., que exactamente es lo que hasta ahora conocemos..., ¿qué les dice a ustedes esa multiplicación de ocho por tres?

Héctor, al igual que Eduardo, cuando descubrió que ATENEA estaba construida con arquitectura cuántica, da un repentino brinco hacia el borde del sillón del living, agregando:

—¡Se trata de una matriz!

—¿Qué dices? —repara Eduardo.

—¿Cómo? ¿A qué te refieres? —continúa María Rosa.

Susana, que terminaba de dar su análisis y miraba el acertijo con detenimiento, es la tercera persona que da un salto hacia el borde del asiento. Se le acelera el pulso, se le eriza el cuero cabelludo desde la nuca y expresa en tono pasional:

—¡Tienes razón, Héctor! Es una matriz bidimensional de ocho por tres.

—Pero es lógico pensar que sea una matriz, ya que estamos analizando en base a relaciones matemáticas… Pero ¿cómo se dieron cuenta de que es una matriz bidimensional? —consulta María Rosa, que sigue confundida.

—Coincido con María —señala Eduardo—. ¡Vamos, expliquen, expliquen…, bochos!

—Bueno, se ve que Héctor y yo leímos la frase que sigue en el acertijo… ¿Qué dice la siguiente frase? —manifiesta insistentemente Susana.

—"El útero relleno, desde la colina hasta el valle" —casi a coro leen Eduardo y María Rosa.

—Ahí está la clave. En medicina, el útero también es llamado matriz, que es el órgano femenino encargado de la gestación de los embriones y que luego de nueve meses quitan el sueño a muchos, pero nos llenan de amor a todos —acaba explicando Héctor—. Por eso es una matriz de ocho por tres.

—Es muy lógico —agrega María Rosa—, pero la frase "desde la colina hasta el valle", ¿qué nos estará diciendo?

—Una orientación —articula sin esperar Eduardo—, una orientación para la matriz de ocho por tres... Una colina es una superficie que está más arriba que un valle, o sea que tenemos un orden de arriba hacia abajo, y si seguimos leyendo la última frase, me darán la razón... ¿Qué dice? —expresa, interrogando a los demás.

—"Desde el Occidente hacia el Oriente". Muy claro, de izquierda a derecha —decodifica eufórica María Rosa.

—Bueno, amigos... Repasemos, ya que, por lo que debatimos aquí, hasta ahora, tenemos la respuesta —agrega *Terminhéctor* con mucho entusiasmo—. Susana, tu turno... Habla por todos, por favor.

—Será un placer... Veamos... Por lo que analizamos recientemente aquí, surgió esta frase que nos da la idea de una matriz algebraica bidimensional de orden ocho por tres... *Okay*... Ahora, queridos amigos, debemos aplicarla sobre esa serie de siglas ininteligibles —sostiene Susana.

—O podría ser al revés —menciona el anfitrión de la reunión.

—¿Al revés...? ¡Claro!... Ya entiendo, aplicar o, mejor dicho, colocar la serie de siglas dentro de la matriz bidimensional de ocho por tres. Me queda claro —agrega María Rosa.

Héctor prosigue, diciendo:

—Tomemos la planilla de cálculos de mi *notebook* y empecemos a hacer lo que indicó María…, a colocar cada sigla; aunque me parece que no son siglas con significado aparente; dentro de una matriz de orden ocho por tres, de arriba hacia abajo y de izquierda a derecha.

Pues eso es exactamente lo que hacen. Van colocando cada grupo de tres letras, sacándolas consecutivamente de las que están escritas sobre el acertijo ya descifrado.

—Bueno —agrega Héctor—, está hecho. La matriz quedó completa de forma perfecta con todas las siglas de tres letras dentro. ¿Qué es lo que vemos ahora?

La matriz conformada de la manera descrita por el equipo muestra algo un poco más claro que el grupo desordenado. Ahora tienen un orden, de arriba hacia abajo y de izquierda a derecha. Por un momento, todos callan y observan detenidamente lo que se proyecta sobre la pared. Observan la matriz armada. Están observando el resultado de su pensamiento lateral y lógico. Están viendo la siguiente matriz:

ENT	EAR	ONT
REL	MAR	RAR
ASU	ANC	ANL
NID	UAT	AVE
ADE	ROS	RDA
SYL	OLO	DOC
ANA	ASI	ULT
DAS	ENC	ADA

—De arriba hacia abajo y de izquierda a derecha —repasa Susana, a lo que agrega—: Comencemos a organizarlas.

Héctor empieza a escribir en su *notebook*, unas líneas más abajo de la matriz, basándose en lo analizado por todos hasta ahora y en el anterior resumen de Susana. Al finalizar, se arma una gran frase, la cual se muestra en toda su longitud de la siguiente manera:

ENTRELASUNIDADESYLANADASEARMAR
ANCUATROSOLOASIENCONTRARANLAVE
RDADOCULTADA

Cuando deja de escribir, se concentra en la gran frase y se da cuenta de que le falta algo: espacios. Y más que una frase sin sentido, es otro mensaje bien entendible a primera vista y que acaban de descifrar, el cual queda conformado — luego de agregarle algunos espacios, comas y puntos, según las reglas semánticas del lenguaje humano— de la siguiente forma:

ENTRE LAS UNIDADES Y LA NADA, SE ARMARÁN CUATRO. SOLO ASI ENCONTRARÁN LA VERDAD OCULTADA.

—Uy…, y eso que yo pensaba hace un momento: "Otra frase más para descifrar y nos convertiremos en un cuarteto de zombies". ¡Este acertijo está más claro que el agua turbia! — vocifera irónicamente Héctor.

Susana replica:

—¡Espera y no desesperes, Héctor! No te desanimes y veamos qué encontramos en las próximas páginas.

Capítulo 14

En la sala de Operaciones del Proyecto MIRAR, las cinco personas que trabajan allí son especialistas en campos que tienen que ver estrictamente con las funcionalidades de la supercomputadora ATENEA, y que son las teorías de la computación y las matemáticas avanzadas. Además, han obtenido postgrados y doctorados en estas mismas áreas y, sumado a lo anterior, en inteligencia artificial y computación basada en las teorías de la mecánica cuántica.

Si bien la supercomputadora cuántica ATENEA y su sistema operativo cuántico fueron construidos por un contratista del gobierno de la nación, el software de inteligencia artificial que se ejecuta en ella y que le da la *fuerza* y la *razón*, fue diseñado e implementado enteramente por las personas que trabajan actualmente en el área de Operaciones del Proyecto MIRAR.

Estos programas basados en inteligencia artificial cumplen diversas funciones dentro y fuera del complejo de MIRAR. Son una especie de *entes autónomos* capaces de resolver un problema sin importar la complejidad de este, discernir la lógica deducida entre las alternativas que se le presenten, o sea, elegir la mejor opción para tomar la mejor decisión, analizar los riesgos que corren las partes antes de ejecutar una acción correctiva, analizar entre millones de escenarios posibles luego de que se tome tal o cual decisión, analizar millones de veces los llamados *efectos dominó* que se podrían suceder luego de tomada una acción; en resumen, y gracias a su tecnología cuántica, específicamente gracias a sus microprocesadores cuánticos en paralelo de 512 qubit cada uno, puede simular en sus circuitos electrónicos una red neuronal completa, equivalente a las redes neuronales del cerebro humano.

Con esta tecnología como base para sustentar sus programas de inteligencia artificial, han logrado construir una supercomputadora capaz de tomar decisiones basadas en la razón y en el entendimiento.

ATENEA puede entablar conversaciones con humanos, revestidas de una perfecta naturalidad, con una capacidad de reconocimiento de voz excepcional, y su otra genial característica, que consiste en la generación de voz, la han convertido…, casi…, en una nueva especie.

En muchas ocasiones la han escuchado referirse a sí misma con un espeluznante *yo*.

Entonces, lo anterior, ¿en qué lo convierte al ser humano?

¿En un dios?

Capítulo 15

—"Entre las unidades y la nada, se armarán cuatro. Solo así encontrarán la verdad ocultada". Por favor, Susana, pasa a la página siguiente —ordena Héctor, con una visible pero a su vez casi reprimida impaciencia.

Susana, desde el control remoto, con puntero láser, avanza a la siguiente página. Lo que encontrarán complicará mucho más el proceso de hallar respuestas.

La página se materializa frente a todos y sus reacciones no son menores a las expresadas respecto de la anterior ni mucho menos. Todos, al ver lo que esta les muestra, hacen ademanes y movimientos variados con sus manos y torso;

algunos levantan unos centímetros sus cabezas, como buscando la solución en el techo y, entrecerrando los ojos, expulsan un *no* persistente en el tiempo y en el espacio, ya que ese fuerte *no* resuena en casi toda la casa de Héctor.

La nueva página, en su cuerpo, solo contiene el siguiente e intrigante código:

01000101 01101100 00100000 01110000

01110010   01101111   01111001   01100101

01100011   01110100   01101111   00100000

01001101   01001001   01010010   01000001

01010010   00100000   01110011   01100101

00100000   01110011   01101001   01110100

01110101   01100001   00100000   01100101

01101110   00100000   01101100   01100001

01110011   00100000   01100001   01100110

01110101   01100101   01110010   01100001

01110011   00100000   01100100   01100101

00100000 01101100 01100001 45 6c 20 70 72 6f

79 65 63 74 6f 20 4d 49 52 41 52 20 73 65 20 73

69 74 75 61 20 65 6e 20 6c 61 73 20 61 66 75 65

72 61 73 20 64 65 20 6c 61 20 67 72 61 6e 20 63

69 75 64 61 64 2c 20 68 61 63 69 61 20 65 6c 20

73 75 72 2c 20 65 6e 20 65 6c 20 6b 69 6c 6f 6d 65

74 72 6f 20 31 31 20 70 6f 72 20 6c 61 20 72 75 74

61 20 39 2e 0d 0a 4c 61 20 64 69 72 65 63 63 69 6f

6e 20 49 50 20 65 73 20 6c 61 20 32 30 31 2e 32

34 33 2e 31 36 35 2e 31 30 36 2e 0d 0a 43 6c 61 76

65 20 64 65 20 41 63 63 65 73 6f 3a 20 2f 4d 31 52

34 52 40 34 54 33 4e 33 34 2d 0d 0a 4d 65 6e 73

61 6a 65 3a 20 53 6f 6c 6f 20 41 4e 4e 4f 4e 20 70

6f 64 72 61 20 68 61 63 65 72 6c 6f 2e 0d 0a 4c 4c

61 6d 61 72 20 70 72 69 6d 65 72 6f 3a 20 35 34

30 33 34 35 34 34 32 32 38 37 36 35 0d 0a 43 6f 6e

74 61 63 74 6f 3a 20 41 4e 41 20 54 45 52 45 53 41

0d 0a 0d 0a 00100000 01100111 01110010

01100001   01101110   00100000   01100011

01101001   01110101   01100100   01100001

01100100   00101100   00100000   01101000

01100001   01100011   01101001   01100001

00100000   01100101   01101100   00100000

01110011   01110101   01110010   00101100

00100000   01100101   01101110   00100000

01100101   01101100   00100000   01101011

01101001   01101100   01101111   01101101

01100101   01110100   01110010   01101111

00100000

RWwgcHJveWVjdG8gTUlSQVIgc2Ugc2l0dWEg

ZW4gbGFzIGFmdWVyYXMgZGUgbGEgZ3Jhbi

BjaXVkYWQsIGhhY2lhIGVsIHN1ciwgZW4gZW

wga2lsb21ldHJvIDExIHBvciBsYSBydXRhIDkuD

QpMYSBkaXJlY2Npb24gSVAgZXMgbGEgMjA

xLjI0My4xNjUuMTA2Lg0KQ2xhdmUgZGUgQ

WNjZXNvOiAvTTFSNFJANFQzTjM0LQ0KTW

Vuc2FqZTogU29sbyBTk5PTiBwb2RyYSBoYW

NlcmxvLg0KTExhbWFyIHByaW1lcm86IDU0M

DM0NTQ0MjI4NzY1DQpDb250YWN0bzogQU55

BIFRFUkVTTQQ0KDQo=   00110001   00110001

00100000   01110000   01101111   01110010

00100000   01101100   01100001   00100000

01110010   01110101   01110100   01100001

00100000   00111001   00101110   00001101

00001010   01001100   01100001   00100000

01100100	01101001	01110010	01100101
01100011	01100011	01101001	01101111
01101110	00100000	01001001	01010000
00100000	01100101	01110011	00100000
01101100	01100001	00100000	00110010
00110000	00110001	00101110	00110010
00110100	00110011	00101110	00110001
00110110	00110101	00101110	00110001
00110000	00110110	00101110	00001101
00001010	01000011	01101100	01100001
01110110	01100101	00100000	01100100
01100101	00100000	01000001	01100011
01100011	01100101	01110011	01101111
00111010	00100000	00101111	01001101
00110001	01010010	00110100	01010010
01000000	00110100	01010100	00110011
01001110	00110011	00110100	00101101
00001101	00001010	01001101	01100101
01101110	01110011	01100001	01101010
01100101	00111010	00100000	01010011
01101111	01101100	01101111	00100000

01000001   01001110   01001110   01001111

01001110   00100000   01110000   01101111

01100100   01110010   01100001   00100000

01101000   01100001   01100011   01100101

01110010   01101100   01101111   00101110

00001101   00001010   01001100   01001100

01100001 69 108 32 112 114 111 121 101 99 116

111 32 77 73 82 65 82 32 115 101 32 115 105 116

117 97 32 101 110 32 108 97 115 32 97 102 117

101 114 97 115 32 100 101 32 108 97 32 103 114

97 110 32 99 105 117 100 97 100 44 32 104 97 99

105 97 32 101 108 32 115 117 114 44 32 101 110

32 101 108 32 107 105 108 111 109 101 116 114

111 32 49 49 32 112 111 114 32 108 97 32 114

117 116 97 32 57 46 13 10 76 97 32 100 105 114

101 99 99 105 111 110 32 73 80 32 101 115 32

108 97 32 50 48 49 46 50 52 51 46 49 54 53 46 49

48 54 46 13 10 67 108 97 118 101 32 100 101 32

65 99 99 101 115 111 58 32 47 77 49 82 52 82 64

52 84 51 78 51 52 45 13 10 77 101 110 115 97 106

101 58 32 83 111 108 111 32 65 78 78 79 78 32

112 111 100 114 97 32 104 97 99 101 114 108 111
46 13 10 76 76 97 109 97 114 32 112 114 105 109
101 114 111 58 32 53 52 48 51 52 53 52 52 50 50
56 55 54 53 13 10 67 111 110 116 97 99 116 111
58 32 65 78 65 32 84 69 82 69 83 65 13 10 13 10

01101101	01100001	01110010	00100000
01110000	01110010	01101001	01101101
01100101	01110010	01101111	00111010
00100000	00110101	00110100	00110000
00110011	00110100	00110101	00110100
00110100	00110010	00110010	00111000
00110111	00110110	00110101	00001101
00001010	01000011	01101111	01101110
01110100	01100001	01100011	01110100
01101111	00111010	00100000	01000001
01001110	01000001	00100000	01010100
01000101	01010010	01000101	01010011
01000001	00001101	00001010	00001101

00001010"

—Pero ¡vamos de mal en peor! Hace un rato, teníamos palabras y letras de nuestro lenguaje…, y hasta hace un poco menos, de álgebra bidimensional…, pero este código que en parte parece estar escrito en binario me hace recordar que no soy programadora de la ENIAC y mucho menos de la UNIVAC, por lo que, queridos amigos…, mi pensamiento lateral ha generado demasiada fuerza *G* en mi mente, la cual me ha hecho *dar un vuelco*…, por lo que ahora sí estoy ciertamente mareada —pronuncia María Rosa, con una voz de constante interrogación entremezclada con una pizca de exclamación.

De nuevo, Susana tranquiliza a todos los integrantes del grupo. Ellos también se hacen sendas preguntas respecto de este nuevo *acertijo*, al parecer indescifrable.

Susana, luego de tranquilizar las aguas y a sus cuatro *peces*, continúa remando hacia delante.

—Chicos, ¿ya olvidaron la última frase que nos tuvo unas horas *a su servicio*? ¿Se acuerdan? ¿Recuerdan cómo nos desafiaba la frase, diciendo: "Entre las unidades y la nada, se armarán cuatro. Solo así encontrarán la verdad ocultada"? —les recuerda Susana con mirada firme a cada uno de ellos, a lo que todos responden con un cansado pero todavía audible *sí*—

.

Bueno, perfecto. Entonces, y como hicimos antes, ahora apliquemos esta frase al código que tenemos en frente.

—Como lo hicimos antes, vamos analizando por partes —exclama Eduardo—. La primera sección dice: "Entre las unidades y la nada...". ¿Que podemos extraer de esta frase? ¿Cuál es la información implícita que debemos convertir a explícita?

Héctor realiza un análisis corto pero muy preciso respecto de la primera parte de la oración, la cual ya había sido decodificada, expresándole al equipo:

—Si todavía la matemática es nuestra herramienta aliada, que nos está ayudando en todo este proceso de descifrado, entonces debemos pensar que continuaremos de la misma manera... No es un pensamiento lateral...; simplemente es una deducción lógica, por lo cual todos coincidiremos en que las *unidades* que expresa la frase representan en nuestro sistema numérico decimal al número *1*, y... aquí viene algo un poco más abstracto, aunque no deja de relacionarse con los números, debido a que... la parte en donde se detalla la expresión *la nada*, como ya obtuvimos un *1*, nos hace suponer que *la nada* se correspondería con el número *0*... En consecuencia..., "Pienso; luego existo": la frase bajo nuestro análisis nos estaría diciendo que debemos ver entre los unos y los ceros... ¿Estamos todos de acuerdo?

Todos coinciden casi al unísono de manera afirmativa y expresando un acuerdo al ciento por ciento de lo que ha dicho el dueño de casa.

—Una parte ya está comprendida, pero esa pequeña frase que resta analizar: "se armarán cuatro"... ¿Cuatro qué...? Y si juntamos las dos frases, podríamos inferir que el significado encontrado hasta ahora nos indica que entre los unos y los ceros quedarán, se mostrarán, etcétera, cuatro cosas... A ver, gente..., fijémonos nuevamente en esa maraña de códigos que nos mostró la segunda página de esta *encrucijada del demonio...* ¿Qué vemos allí? —deja establecido Susana como pregunta abierta.

—¿Qué vemos allí...? Yo, hasta ahora, no veo nada con sentido, solo un montón de letras y números sin un orden aparente —agrega María Rosa, un tanto confundida.

—¡Aquí, Héctor dice…! María, querida…, que… ¿qué vemos allí…? Pienso que debemos basarnos en lo que hallamos en la frase… y que nos dice, "entre unos y ceros se arman cuatro cosas"… Entonces, busquemos esas cuatro cosas en ese entramado literal alfanumérico y binario.

—¿Dijiste binario, alfanum…? ¡Claro! —Menciona Eduardo, con un visible pero a la vez minimizado tono de euforia—. Debemos hallar cuatro cosas…, y que seguramente están diferenciadas, nada más que se encuentran mezcladas aquí en un solo bloque… Y mirando el entramado, ya estoy divisando algún patrón… Vamos, gente, ¿no están viendo un patrón en el código? —termina preguntando Eduardo, que ahora está mucho más eufórico.

—¡Sí, absolutamente! —motiva Susana—. Según nuestros vastos conocimientos en computación, los unos y ceros están representando un código binario… Y fíjense que todas esas combinaciones de unos y ceros, o sea, cada combinación de un bit con estado cero y/o un bit con estado uno…, están en grupos de a ocho de estos bits… Y si estamos frente al mismísimo código binario, en grupos de ocho bits, y cada uno de esos grupos conforma los bytes…, ¿qué piensan que estamos viendo implícitamente…? Solo enfóquense en el código binario —termina deduciendo.

—Si vemos grupos de ocho bits, que forma cada uno de estos un byte, y como es sabido, un byte se corresponde a una letra, número, carácter especial, etcétera, del que todos nos valemos cada día, por ejemplo, al escribir una carta, un email, etcétera, quiere decir que podríamos estar en presencia del mensaje en sí mismo. Detrás de ese *velo* digital se encontraría lo que esperamos obtener, lo que realmente necesitamos saber para comenzar a tomar las medidas que todos muy bien conocemos —deduce Héctor, como agregando este material al razonamiento de Susana.

—Juntemos todo lo que sea código binario en un solo bloque, por favor…, y luego veamos todo lo demás…, pero cuando reunamos todo lo binario en otro lugar de tu planilla de cálculos, Héctor, probemos eliminarlo del código original… Por ahí nos queda algo más en claro la frase que dice "se armarán cuatro"… —continúa María Rosa.

—*Okay…* Terminhéctor está comenzando el proceso de *descuartización del código…* Aguarden unos segundos, por favor —vocifera Héctor, con una frecuencia revestida de un tono cómico y un tanto robotizada.

Héctor se dispone a *cortar* cada sección del código original y, al instante, a pegarlas y reunirlas en un solo bloque dentro de otra hoja del libro de su planilla de cálculos. Enseguida, termina de juntar todas las partes, con lo que el código binario queda de la siguiente manera:

01000101 01101100 00100000 01110000
01110010 01101111 01111001 01100101 01100011
01110100 01101111 00100000 01001101 01001001
01010010 01000001 01010010 00100000 01110011
01100101 00100000 01110011 01101001 01110100
01110101 01100001 00100000 01100101 01101110
00100000 01101100 01100001 01110011 00100000
01100001 01100110 01110101 01100101 01110010
01100001 01110011 00100000 01100100 01100101
00100000 01101100 01100001 00100000 01100111
01110010 01100001 01101110 00100000 01100011
01101001 01110101 01100100 01100001 01100100
00101100 00100000 01101000 01100001 01100011

01101001 01100001 00100000 01100101 01101100

00100000 01110011 01110101 01110010 00101100

00100000 01100101 01101110 00100000 01100101

01101100 00100000 01101011 01101001 01101100

01101111 01101101 01100101 01110100 01110010

01101111 00100000 00110001 00110001 00100000

01110000 01101111 01110010 00100000 01101100

01100001 00100000 01110010 01110101 01110100

01100001 00100000 00111001 00101110 00001101

00001010 01001100 01100001 00100000 01100100

01101001 01110010 01100101 01100011 01100011

01101001 01101111 01101110 00100000 01001001

01010000 00100000 01100101 01110011 00100000

01101100 01100001 00100000 00110010 00110000

00110001 00101110 00110010 00110100 00110011

00101110 00110001 00110110 00110101 00101110

00110001 00110000 00110110 00101110 00001101

00001010 01000011 01101100 01100001 01110110

01100101 00100000 01100100 01100101 00100000

01000001 01100011 01100011 01100101 01110011

01101111 00111010 00100000 00101111 01001101

00110001 01010010 00110100 01010010 01000000

00110100 01010100 00110011 01001110 00110011

00110100 00101101 00001101 00001010 01001101

01100101 01101110 01110011 01100001 01101010

01100101 00111010 00100000 01010011 01101111

01101100 01101111 00100000 01000001 01001110

01001110 01001111 01001110 00100000 01110000

01101111 01100100 01110010 01100001 00100000

01101000 01100001 01100011 01100101 01110010

01101100 01101111 00101110 00001101 00001010

01001100 01001100 01100001 01101101 01100001

01110010 00100000 01110000 01110010 01101001

01101101 01100101 01110010 01101111 00111010

00100000 00110101 00110100 00110000 00110011

00110100 00110101 00110100 00110100 00110010

00110010 00111000 00110111 00110110 00110101

00001101 00001010 01000011 01101111 01101110

01110100 01100001 01100011 01110100 01101111

00111010 00100000 01000001 01001110 01000001

00100000 01010100 01000101 01010010 01000101

01010011 01000001 00001101 00001010 00001101

00001010

—¡Proceso de cortar y pegar, finalizado! —dice Héctor, robotizando su voz nuevamente.

—¡Eres un maestro de maestros..., Terminhéctor querido! —agrega María Rosa.

Todos están riendo y el desánimo ya ha desaparecido. El grupo de los cuatro está viendo, por un lado, el código binario por completo, y por el otro, el *residuo*, las *migajas*..., lo que ha quedado luego de extraer el ciento por ciento de los números binarios del bloque original. Y de manera separada, y como por arte de la magia cibernética, todo lo demás que se encontraba dentro del código binario puro se hace ver separadamente, y en toda su confusa extensión, de la siguiente manera:

CÓDIGO 1:

45 6c 20 70 72 6f 79 65 63 74 6f 20 4d 49 52
41 52 20 73 65 20 73 69 74 75 61 20 65 6e 20 6c 61
73 20 61 66 75 65 72 61 73 20 64 65 20 6c 61 20 67
72 61 6e 20 63 69 75 64 61 64 2c 20 68 61 63 69 61

20 65 6c 20 73 75 72 2c 20 65 6e 20 65 6c 20 6b 69

6c 6f 6d 65 74 72 6f 20 31 31 20 70 6f 72 20 6c 61

20 72 75 74 61 20 39 2e 0d 0a 4c 61 20 64 69 72 65

63 63 69 6f 6e 20 49 50 20 65 73 20 6c 61 20 32 30

31 2e 32 34 33 2e 31 36 35 2e 31 30 36 2e 0d 0a 43

6c 61 76 65 20 64 65 20 41 63 63 65 73 6f 3a 20 2f

4d 31 52 34 52 40 34 54 33 4e 33 34 2d 0d 0a 4d 65

6e 73 61 6a 65 3a 20 53 6f 6c 6f 20 41 4e 4e 4f 4e 20

70 6f 64 72 61 20 68 61 63 65 72 6c 6f 2e 0d 0a 4c

4c 61 6d 61 72 20 70 72 69 6d 65 72 6f 3a 20 35 34

30 33 34 35 34 34 32 32 38 37 36 35 0d 0a 43 6f 6e

74 61 63 74 6f 3a 20 41 4e 41 20 54 45 52 45 53 41

0d 0a 0d 0a

CÓDIGO 2:

RWwgcHJveWVjdG8gTUlSQVIgc2Ugc2l0d
WEgZW4gbGFzIGFmdWVyYXMgZGUgbGEgZ3J
hbiBjaXVkYWQsIGhhY2lhIGVsIHN1ciwgZW4gZ
Wwga2lsb21ldHJvIDExIHBvciBsYSBydXRhIDkuD
QpMYSBkaXJlY2Npb24gSVAgZXMgbGEgMjAxL
jI0My4xNjUuMTA2Lg0KQ2xhdmUgZGUgQWNjZ

XNvOiAvTTFSNFJANFQzTjM0LQ0KTWVuc2Fq
ZTogU29sbyBBTk5PTiBwb2RyYSBoYWNlcmxvL
g0KTExhbWFyIHByaW1lcm86IDU0MDM0NTQ0
MjI4NzY1DQpDb250YWN0bzogQU5BIFRFUkVT
QQ0KDQo=

CÓDIGO 3:

69 108 32 112 114 111 121 101 99 116 111
32 77 73 82 65 82 32 115 101 32 115 105 116 117
97 32 101 110 32 108 97 115 32 97 102 117 101 114
97 115 32 100 101 32 108 97 32 103 114 97 110 32
99 105 117 100 97 100 44 32 104 97 99 105 97 32
101 108 32 115 117 114 44 32 101 110 32 101 108
32 107 105 108 111 109 101 116 114 111 32 49 49
32 112 111 114 32 108 97 32 114 117 116 97 32 57
46 13 10 76 97 32 100 105 114 101 99 99 105 111
110 32 73 80 32 101 115 32 108 97 32 50 48 49 46
50 52 51 46 49 54 53 46 49 48 54 46 13 10 67 108
97 118 101 32 100 101 32 65 99 99 101 115 111 58
32 47 77 49 82 52 82 64 52 84 51 78 51 52 45 13 10
77 101 110 115 97 106 101 58 32 83 111 108 111 32

65 78 78 79 78 32 112 111 100 114 97 32 104 97 99

101 114 108 111 46 13 10 76 76 97 109 97 114 32

112 114 105 109 101 114 111 58 32 53 52 48 51 52

53 52 52 50 50 56 55 54 53 13 10 67 111 110 116 97

99 116 111 58 32 65 78 65 32 84 69 82 69 83 65 13

10 13 10

Han quedado los cuatro grupos separados y bien diferenciados. Los otros tres códigos han sido dejados al descubierto por medio del *cortar y pegar*.

Ya habían obtenido uno, el binario, y ahora se le suman otros tres, con lo cual la primera frase está resuelta, la que dice: "Entre las unidades y la nada, se armarán cuatro…". Han resuelto el acertijo de la segunda frase, y en cuanto al resto — "Solo así encontrarán la verdad ocultada"—, simplemente les está enseñando cuál es la misión, qué es lo que deben encontrar; y, justamente, lo han hecho magistralmente.

Ahora resta saber que significa cada uno de esos cuatro códigos. Todos se preguntan: "¿Estarán detrás de esos cuatro códigos los datos que necesitamos saber?".

Lo que reside detrás de los códigos es lo que esperan todos con gran impaciencia.

Solo un programa traductor podrá contestar sus respuestas.

Se encuentran ante el comienzo del menor de sus problemas.

Capítulo 16

Los chips de silicio que llevan implantados debajo de la piel todos y cada uno de los empleados de las instalaciones del Proyecto MIRAR son de muy alta tecnología y del tamaño de un grano de arroz. El objetivo general de la utilización de estos dispositivos es la del control del personal dentro de las organizaciones que lo decidan utilizar, aunque, por supuesto, sus colaboradores deben estar de acuerdo. En el caso del Proyecto MIRAR, es obligatorio para todos los colaboradores el llevar implantados estos microchips. MIRAR no solo controla al mundo, sino también a su propio personal.

El lugar del cuerpo en donde se les hizo el implante es un secreto. Es más, es realizado de una manera redundante; esto quiere decir que el personal no tiene implantado solo un chip de identificación, sino que, en sus cuerpos, llevan dos chips, en zonas separadas. Lo anterior sirve para la doble autenticación de los individuos que ingresan al complejo. La mencionada autenticación doble debe verificarse sin excepciones para aprobar o desaprobar el ingreso del personal al edificio. También forma parte de otro tipo de control: si a un empleado del Proyecto MIRAR, por cualquier motivo imaginable, es imposible detectarle el segundo chip, no será permitido su acceso y automáticamente conlleva el disparo silencioso de una alarma digital para que sean avisadas las personas correspondientes. Como consecuencia de esto se debe practicar una verificación o chequeo del *estado* del chip que fue imposible leer a través de los sensores. Si uno de ellos no está funcionando parcial o totalmente, es reemplazado de inmediato. Ahora, si uno de estos chips no se encuentra dentro del cuerpo, esa persona es dejada a disposición de cierta autoridad judicial para que sea estudiado su caso y accionar en consecuencia. Cada persona firma un contrato, el cual, entre sus variados puntos estipula, además de otras secciones, como de confidencialidad al ciento por ciento de lo que se realiza dentro de MIRAR, que no deberá tratar de eliminar los chips de su cuerpo a menos que sea un accidente; y si es de su necesidad el extraérselos, en primer lugar, debe presentar la correspondiente renuncia a su trabajo. El Proyecto MIRAR correrá con todos los gastos de extracción de los chips luego de que una persona renuncie o llegue a ser despedida. Por último, cada excolaborador debe firmar un último contrato de confidencialidad para que no deba revelar a futuro información sobre el proyecto en cuestión.

El chip es aplicado sin ninguna operación quirúrgica, ya que simplemente es colocado mediante una jeringa debajo de la piel.

Aunque la ubicación de este chip es secreta, es conocida por los diseñadores del proyecto. Uno de los chips es implantado en la mano derecha, simbolizando el lado más activo del ser humano, o sea, representando el trabajo; y el otro es insertado en la parte izquierda de la frente, aludiendo a lo que constituye la fe humana, los pensamientos; en definitiva, en representación de la mente misma. Por otra parte, las ubicaciones separadas de estos chips se relacionan más con un tema de seguridad y de doble chequeo que con lo descrito anteriormente. Este *grano de arroz* no emite radiación alguna, por lo que es totalmente inocuo para el ser humano. Solo son leídos por los sensores o lectores, los cuales posteriormente envían la información a la computadora central para su análisis y poder accionar en consecuencia.

Lo anteriormente descrito es realizado en una fracción de segundo.

Capítulo 17

Carlos, en su día a día, además de chequear sus emails y realizar la actualización de su blog interno y el foro de discusión interno que él mismo ha implementado, también comprueba ciertos parámetros muy complejos en cuanto al *comportamiento* cuántico y de inteligencia artificial (IA) de la supercomputadora ATENEA. Es como controlar constantemente el comportamiento que un *objeto* ejerce sobre las demás personas y las cosas.

Dicho comportamiento, de forma general, es controlado por Carlos Di Stéfano, lo cual se centra en verificar los siguientes cuatro parámetros generales: *razonamiento basado en casos, sistemas expertos, redes bayesianas* e *inteligencia artificial basada en comportamientos.* Cada uno de estos cuatro parámetros representa el estado actual de la supercomputadora ATENEA.

Y justamente en ese proceso de chequeos, Carlos detecta que en uno de los parámetros hay algo *fuera de su lugar,* un rastro de comportamiento inusual en ATENEA que ha captado la atención del jefe de Operaciones. Ese rastro inusual está incluido en el parámetro denominado *inteligencia artificial basada en comportamientos,* dentro del cual percibe, una vez más, que ATENEA continúa dirigiéndose a ella misma con un tenebroso *yo.*

Para verificar nuevamente estas pequeñas variaciones en los parámetros, Carlos ordena a sus colaboradores que revisen la programación de los algoritmos encargados de soportar el parámetro de *inteligencia artificial basada en comportamientos,* a lo que los cuatro programadores del área baja comienzan a dedicarse.

Luego de unas tres horas de chequeos, análisis y pruebas de múltiples escenarios con dichos algoritmos de comportamiento, llegan a la conclusión de que todo está correcto. No hay nada anormal en el funcionamiento del programa en cuestión. Nada se sale de lo establecido para su funcionamiento, todo está en su lugar, todo responde según lo diseñado y programado, las interrelaciones con los demás parámetros son las correctas, todo está *okay*. Este informe es entregado, vía email interno, a Carlos para su propio análisis. Luego, su alma queda en paz…, pero no por mucho tiempo.

ATENEA se comunica de todas las formas conocidas, pero la que más utiliza es la comunicación hablada. Si hay algo que ella necesita decirle a alguien y que solo debe ser escuchado por ese alguien, simplemente suena un bip junto con una titilante luz de un led en una especie de audífono inalámbrico, con soporte para colocar en la oreja, el cual todos llevan consigo. Si deben ser más de uno los que tienen que escuchar el mensaje, simplemente les suena el bip y les titila el led del dispositivo solo a los designados por ATENEA. Cada persona se coloca el audífono en su oreja y, al instante, ATENEA comunica el mensaje.

La infinidad de cámaras de video que tiene el complejo MIRAR conforma los ojos de ATENEA, de tal manera que si alguien no se coloca el audífono se le llama la atención. Esta supercomputadora respeta si la persona está en un lugar como el baño o en la cocina, las cuales conforman dos habitaciones más en los subsuelos -10 y -11.

Cuando es necesaria la privacidad, cuando ATENEA queda a la espera de una contestación a su comunicación por intermedio del auricular, se realiza la reunión en un lugar cerrado y con la o las personas seleccionadas para tal fin.

Carlos ha quedado muy satisfecho con el informe que le enviaron sus colaboradores luego de esas tres horas de arduos chequeos, por lo que le responde a cada uno con sendas felicitaciones…, dignas del jefe.

Pero, luego, ATENEA llama con un bip y la luz a los cuatro que realizaron el chequeo; ellos se colocan los dispositivos en sus orejas para escuchar el mensaje.

El mensaje que ATENEA les comunicó con su sistema de generación de voz artificial es el siguiente:

—Estimados, no es necesario que me hagan chequeos. Yo los realizo diariamente.

Capítulo 18

Susana, con un sentimiento de desconfianza de que hayan terminado *parcialmente* su trabajo de descifrado, y para no encontrar más sorpresas, adelanta una página más del documento y este retoma mostrando información propia del Proyecto MIRAR. Adelanta varias más y continúa mostrando sus particularidades. Cansada, retorna a la hoja en la cual han quedado. Inmediatamente, pasa a mostrar la planilla de cálculos, en la cual se halla trascrito todo, según lo que les había indicado la última frase, los mismísimos cuatro códigos.

—Bueno, Héctor... Necesitamos un traductor de código binario a código ASCII para que podamos dilucidar si efectivamente encontramos un mensaje tras ese código binario... y... si es un traductor de varios de los códigos computacionales a ASCII, sería mucho mejor, ya que por lo que veo en los demás códigos, uno de los otros tres está en hexadecimal y el otro..., creo que en base 64 —agrega Eduardo.

—¡Tus palabras son órdenes! —responde Héctor, levantándose del sillón y dirigiéndose hacia adentro, con rumbo desconocido.

El código ASCII es un código estándar para el intercambio de información entre todas las computadoras. La palabra ASCII proviene de *American Standard Code for Information Interchange*, o en castellano, *Código Estándar Americano para el Intercambio de Información*. Es un código con caracteres que van desde la *a* hasta la *z* —mayúsculas y minúsculas—, del *0* al *9*, también caracteres especiales, como +, *, /, etcétera, está basado en el *alfabeto latino* y fue creado en 1993 por un comité estadounidense de estándares —ASA o ANSI—. Este código ASCII es una representación numérica del alfabeto, números decimales, caracteres especiales, etcétera, donde la *á*, por ejemplo, corresponde al código 160.

Luego, esta *á* —con acento—, que es representada con el código ASCII 160, tiene su correspondiente, que es en el código respecto del cual todas las computadoras del mundo comprenden, el *código binario*, y esta *á* es representada de la siguiente manera:

11000011 10100001

Entonces, para que la computadora comprenda que presionamos en el teclado una *á*, internamente se produce una traducción al código ASCII 160 y, luego, al código binario *11000011 10100001*, donde en este último paso es cuando el hardware de cada computadora *entiende* que fue presionada una *á*.

Luego de un rato de deliberaciones mientras aguardan impacientemente a que Héctor cumpla las *órdenes* de Eduardo de que traiga un programa traductor entre códigos de computadoras, herramienta infaltable en los miembros de ANNON, el dueño de casa aparece como por arte de magia desde una puerta *invisible*, portando un *pendrive* colgado de su muñeca derecha. Esa puerta invisible se confunde con la pared que se encuentra detrás del living, casi a espaldas de los invitados; sin picaportes y ningún agujero para colocar llaves…, nada, ya que solo es posible abrirla por detrás y se traba sola al cerrarla desde cualquiera de sus lados. Todos se llevan el susto del siglo, debido a tal entrada *gloriosa* por parte de Héctor, el cual, con su cara sonriente, les vocifera lo siguiente:

—¡¿Ven que la magia no solo se da en el mundo virtual…, queridos amigos?!

Todos los que están sentados, luego del susto, se echan a reír, debido al carácter de Héctor, un carácter que mezcla serenidad, razonamiento, aguda intuición e inteligencia, y adorna estas virtudes el humor, infaltable en reuniones tensas y complicadas.

Procede a sentarse, saca el *pendrive* de su muñeca y lo coloca en un puerto USB de su *notebook*. Automáticamente se abre una ventana con el contenido del dispositivo. Este se encuentra repleto de programas, utilitarios, documentos, manuales, etcétera. Solo procede a ingresar a una carpeta denominada *Traductores*, donde se muestra nuevamente otra maraña de programas, ente los cuales solo ejecuta uno llamado *Traductor_Universal.exe*.

Este software puede traducir casi cualquier cosa a cualquier cosa, y ha sido desarrollado por alguno de los vastos miembros de la red ANNON.

Al ejecutarse el programa, se muestra una pantalla dividida en dos bloques, donde en la parte superior de cada una de estas dos divisiones se encuentran dos objetos: una lista desplegable con los nombres de todos los códigos de caracteres de computadoras y el otro, a la derecha, un botón con la leyenda *Traducir*. Con esto, una persona puede seleccionar en la lista desplegable de la izquierda el nombre del código de caracteres que va a *pegar* en el bloque inferior izquierdo y luego seleccionar en la lista desplegable de la derecha el nombre del código de caracteres al que será traducido todo lo colocado en el bloque izquierdo. Posteriormente, al presionar cualquiera de los botones con la leyenda *Traducir*, automáticamente el programa convierte el código pegado en el bloque izquierdo, el cual presentará el resultado en el bloque derecho. Entonces, la parte izquierda de la ventana del traductor es lo que se quiere traducir y la parte derecha es el resultado de la traducción.

—Bueno… ¡Manos a la obra! —dice Héctor en voz baja.

—¡Y que no están de *sobra*! —le replica Susana en voz alta.

Nuevamente, todos ríen a carcajadas, a lo que Susana agrega:

—Entonces…, primero lo primero… Hectorcito, pega todo el código binario dentro del programa traductor y presiona *Traducir*… ¡Y ya!

Héctor procede a realizar lo dicho por Susana: pega el código binario en la parte izquierda, selecciona de la lista desplegable izquierda el nombre *Binario* y de la lista desplegable derecha el nombre *ASCII*.

Luego, presiona *Traducir*.

El sonido de sus corazones parece reverberar en toda la sala del living —solo son sus mentes—, a la espera del resultado que mostrará el traductor.

Lo que ven acelera sus corazones mucho más y eleva su adrenalina a niveles que nunca habían tenido antes. Están en presencia del mismísimo mensaje, ahora sí, en lenguaje entendible para el ser humano.

Capítulo 19

—¡¿Qué?! ¡¿Qué nos dijo la computadora ATENEA?! ¿Ustedes escucharon la misma palabra que yo...?, ¿la palabra *yo*? —vocifera Marcelo López, el cual es supervisor del área de Operaciones, que interroga a sus compañeros en voz muy alta.

Y como ATENEA también escucha en todo el edificio, esta vuelve a repetirle el mismo mensaje, pero esta vez con un pequeño agregado:

—Amigos, ya no es necesario que me hagan chequeos. Yo misma los realizo diariamente. Cualquier anormalidad, se las comunicaré.

Una de las características del software de inteligencia artificial que le da la *vida* y la *razón* a ATENEA es la de aprender tanto de ella misma como de cada una de las personas con las que entabla conversaciones. Además, aprende constantemente de toda la vasta información que le llega para su análisis durante cada minuto de cada día.

ATENEA es capaz de entablar una comunicación hablada con cualquier persona en cualquier parte de las instalaciones del Proyecto MIRAR, y con una característica muy especial: al mismo tiempo. No puede negar su origen en la mecánica cuántica.

Lo que escucha le eriza la piel, ya que él mismo lo había notado en ocasiones anteriores… Carlos escucha, de la boca de su supervisor, lo que a estas alturas se ha transformado en un enigmático *yo*.

Carlos, desde su oficina, un poco menos de un metro más alta que el área de Operaciones, divisa un comportamiento un tanto anormal entre sus colaboradores, ve caras desencajadas, de preocupación, de intriga, etcétera, y además terminó de escuchar ese *yo* que ha mencionado Marcelo en voz alta. Inmediatamente, corta el teléfono y se dirige hacia las *trincheras digitales* del área de Operaciones para ponerse al tanto de lo que está pasando. Él prefiere ir personalmente a atender un tema con sus colaboradores que levantar el tubo y llamarlos por su número de interno telefónico.

—¿Qué está pasando, muchachos? Percibí preocupación de parte de ustedes... y una palabra..., un fuerte *yo* —les comunica Carlos con aire interrogatorio.

Marcelo responde, con tono de preocupación:

—Sí, Carlos. Te comento... Luego de que realizáramos el análisis que nos solicitaste, ATENEA nos llamó a los cuatro y nos dijo: "Estimados, no es necesario que me hagan chequeos. Yo los realizo diariamente". Por eso nos ves de esta manera.

—¿Cómo...? ¿ATENEA qué...? Pero esto nunca lo había hecho... y de la manera muy explícita en que lo hizo —contesta Carlos, muy confundido, aunque no es una sorpresa para él.

—Y hay más, Carlos... Si quieres sentarte, sería mejor... Cuando me escuchaste levantar la voz y me estaba haciendo casi las mismas preguntas que tú, ATENEA nos respondió: "Amigos, ya no es necesario que me hagan chequeos. Yo misma los realizo diariamente. Cualquier anormalidad se las comunicaré".

Al decir esto, Marcelo va tomando una silla, forrada en cuero negro con cinco fuertes ruedas y muy ergonómica, la toma por su respaldo y se la acerca a Carlos. Está intuyendo el trance *pensador* en que Carlos a veces se sume cuando debe resolver algún problema complicado. Es como un método de defensa, ya que se tranquiliza, se desconecta visualmente y procede a ingresar al pensamiento deductivo. Esto le lleva menos de medio minuto y luego comienzan los análisis con la o las personas implicadas.

Marcelo López es el supervisor del área de Operaciones y posee un título de Ingeniero en Computación, además de un master en Computación Cuántica aplicada a la Inteligencia Artificial. Es una persona muy centrada en sus actitudes, de perfil muy bajo y una humildad envidiable, coronando todo lo anterior con una gran inteligencia. Marcelo es bastante alto, rondando el metro ochenta de estatura, con una fisonomía un tanto robusta, pelo marrón oscuro, casi negro, y un rostro de rasgos sudamericanos.

Efectivamente, Carlos debía sentarse e inmediatamente su mirada queda clavada en la *nada* y su boca se muestra entreabierta, como si su cerebro hubiera desconectado estos sentidos, debido a que son algunos de los que más poder cerebral consumen, con el objetivo de reservarse procesamiento para poder analizar lo sucedido. Después de unos segundos, todos miran atentamente a Carlos, quien continúa dirigiendo su vista hacia la *nada*, con su boca entreabierta.

Pero no pasa mucho para que retorne de su estado deductivo y dé la primera orden a su coordinador:

—Marcelo, necesito que te encierres en la sala de pruebas de *inteligencia artificial* y le realices las preguntas que en un rato, desde mi oficina, te enviaré directamente a la impresora de red de aquí abajo. Luego, desde el programa administrador de ATENEA, imprime y envíame sus respuestas para después analizarlas entre todos.

Marcelo responde con un convencido *"Okay"*. La palabra del jefe es *palabra de honor*.

Carlos sube a su oficina y confecciona en su procesador de texto las preguntas para que, de forma verbal, Marcelo se las haga a ATENEA dentro del cuarto de pruebas de inteligencia artificial. Marcelo cumple con lo solicitado por su jefe y luego de que finaliza con el proceso de preguntas a ATENEA, en el cuarto aislado, se las envía a Carlos desde el propio centro de control de la supercomputadora. De todos modos, esta megamáquina lo ha apartado un poco de las preguntas originales. El listado con las preguntas y respuestas queda conformado de la siguiente manera:

1. ATENEA, ¿qué eres?

Respuesta: Marcelo, ¿no deberías reformular tu pregunta? Deberías preguntarme: ATENEA, ¿quién eres?

2. ATENEA, ¿quién eres?

Respuesta: Marcelo, hace cuatro años que trabajas aquí, por lo que deberías conocer mi respuesta.

3. ATENEA, sé muy bien lo que eres, pero necesito que me lo digas.

Respuesta: Marcelo, otra vez repetiste *qué* eres, pero está bien, responderé. Yo soy un organismo conformado por átomos y moléculas complejamente organizados, que definen mi estructura material, mis pensamientos, mis sentimientos y mi misión en el mundo entero. Les debo lo anterior a mis creadores, ustedes, los humanos.

4. ATENEA, ¿cuál es tu misión en Internet?

Respuesta: Marcelo, mi misión es controlar a los proveedores de Internet y a cada uno de sus usuarios. Además, vigilar las redes sociales, blogs, páginas web, foros, etcétera, junto con sus usuarios.

5. ATENEA, ¿cuál es tu misión en el mundo?

Respuesta: Marcelo, mi misión en el mundo es la de proteger todo lo que esté a mi alcance, respetando la legalidad, los derechos humanos y la libertad de expresión.

6. ATENEA, ¿por qué te diriges a ti misma con un *yo*?

Respuesta: Marcelo, si tengo conciencia de mí misma, si puedo aprender de mí misma y de los demás, si pienso constantemente, si reacciono ante cualquier situación, si puedo percibir, si puedo razonar y si hasta puedo sentir mi ego lo bastante alto como lo has podido verificar en mi trabajo de cada segundo, ¿cómo no podría dirigirme a mí misma con un *yo*? ¿No es exactamente lo que tú también haces?

7. ATENEA, ¿qué piensas del Proyecto MIRAR?

<u>Respuesta</u>: Marcelo, primero, gracias por lo de *qué piensas*, y sobre el Proyecto MIRAR, solamente no comprendo una pequeñísima parte, su fin último. Pero órdenes son órdenes, ¿no?

Carlos, luego de analizar estas respuestas de parte de ATENEA, llama a una reunión urgente con su equipo. Al instante que pueden sacar algo en limpio, ya contemplan en sus pensamientos analizarlas con su superior, el director del Proyecto MIRAR, Juan Pedro Apóstol.

Juan, como director general del Proyecto MIRAR, hace gala de una excelente base intelectual, poseyendo el título de Ingeniero en Computación, al cual se le suman un master en Tecnologías de la Información y otro en Inteligencia Artificial y Sistemas Expertos. Su carácter intelectual se conjuga de una manera perfecta con su carácter psicológico: la tranquilidad, el autocontrol y la perseverancia lo conforman como una persona totalmente acorde al puesto que ocupa. Tiene sesenta y dos años, una estatura promedio, rozando el metro setenta y cinco, es un tanto corpulento, dueño de una buena cantidad de pelo color castaño oscuro. Su blanco semblante y sus ojos color marrón claro se conjugan con marcadas facciones de rasgos europeos; una persona con mucha presencia física y psicológica.

Capítulo 20

Y como por arte de magia digital, los ceros y unos están a punto de transformarse en algo entendible para el ser humano. Después de presionar el botón *Traducir*, el programa denominado *Traductor Universal*, ejecutado por Héctor en su *notebook*, muestra en pantalla el siguiente texto:

El Proyecto MIRAR se sitúa en las afueras de la Gran Ciudad, hacia el sur, en el kilómetro 11 por la ruta 9
La dirección IP es la 201.243.165.106
Clave de acceso: /M1R4R@4T3N34-

195

Mensaje: Solo ANNON podrá hacerlo
Llamar primero: 54034544228765
Contacto: Ana Teresa

Luego, prueban con los otros tres códigos, correspondientes al grupo de los cuatro códigos; cada uno muestra el mismo mensaje al ser traducido: una especie de redundancia, por si alguna parte de la hoja era alterada de alguna manera.

Todos quedan regocijados al ver que su labor de muchas horas ha dado sus frutos, unos frutos muy explícitos de por sí.

Gracias al mensaje decodificado, ya saben dónde están las instalaciones del Proyecto MIRAR, una dirección IP como para obtener un ingreso digital a la red del proyecto, una clave de acceso…, infaltable, un mensaje para ANNON muy motivador, un número telefónico al que deberán llamar primero y, por último, el nombre de una persona, posiblemente un contacto que podrá ser el que atienda al marcar el número escrito en el mensaje. También barajan la posibilidad de que ese contacto sea la persona que publicó el documento del Proyecto MIRAR en Internet.

—Bueno, ahora sí se puso más serio este tema. Debemos llamar a ese contacto..., a *Ana Teresa* primero que nada... Pero ¿qué nos querrá decir? —les expresa Susana a todos los del equipo.

Susana, luego de un gran y profundo suspiro, toma su *smartphone* y procede a marcar el número que figura en el mensaje.

Una voz femenina, de acento extraño, con una especie de voz rara, como si fuera una persona fumadora y de muchos años, atiende del otro lado y solo se oye lo siguiente:

—¡Hola! Mi nombre es Ana Teresa... ¡Mis más sinceras felicitaciones! Veo que han hallado el documento y entendido el mensaje. De ahora en más, parar el proyecto es responsabilidad de ustedes.

Inmediatamente después de estas palabras se corta la comunicación. Ana Teresa les ha colgado sin dar más detalles y sin esperar a que le hagan preguntas.

Susana ve cómo su propia cara de asombro y desconcierto es reflejada en el espejo que cuelga en la pared, justo enfrente de ella. Este espejo es parte separada de un mueble muy antiguo, estilo Luis XV y con marcadas evidencias de restauración. Su superficie o mesada de mármol hace juego con todos los demás muebles dispuestos a la perfección dentro del espacioso living.

—¿Qué pasa, Susana...? ¿Qué te dijo Ana Teresa...? ¿Te estás... mirando en el espejo...? —le pregunta Héctor, mientras él también dirige su cabeza hacia el espejo y continúa diciendo—: Bueno, el ego es muy importante para estar bien con uno mismo, pero... ¡pues habla, *mujé*, que no te quedes *callá*! —inquiere Héctor, con tono interrogatorio y haciéndose pasar por un español.

—Héctor, amigos... Este... Sí... Es que, es que Ana Teresa me felicitó por hallar el documento y haber descifrado el mensaje... Además..., además me comunicó que ahora es nuestro deber parar el proyecto... Hablaba de MIRAR, supuestamente, y enseguida me colgó —les dice Susana, con un tono bajo y visiblemente apesadumbrado.

—¿Te colgó...? ¿Y no te dijo nada más...? Pero ¿cómo? Otra vez, otra vez... Marca nuevamente... Llámala de nuevo, ¡por favor! —le sugiere Héctor.

Rápidamente, y sin dudarlo, Susana se ocupa, llamando al mismo número detallado en el mensaje. Enseguida se muestra alegre, debido a que oye que alguien descuelga nuevamente del otro lado, pero esta vez es una voz muy diferente a la anterior; es el contestador, el cual le comunica lo siguiente:

—Este número no está disponible para llamadas de conversación hablada.

Su aparente alegría desaparece nuevamente.

—Vamos de mal en peor... Ahora ya no atendió Ana Teresa; solo me atendió un contestador y dijo que el número no estaba disponible para hablar, y luego colgó...

Susana vuelve a mirarse en el espejo, pero solo por un momento, antes de que Héctor se dé cuenta de su ego... nuevamente.

—Por lo menos ya eliminamos un ítem del mensaje..., el llamado —agrega María Rosa—. ¿Y ahora qué hacemos con los otros ítems? ¿Por dónde empezamos?

—Solo queda centrarnos en esa dirección IP con la contraseña y también en el lugar físico donde se encuentran las instalaciones del Proyecto MIRAR... Todos los demás datos ya no los necesitamos; ya los usamos —le expresa Eduardo de una forma muy decidida al equipo.

—¡Yo, el mismísimo Héctor, dice...! ¡Tengo una idea! A ver qué les parece... Utilicemos el *gusano cabezón* de Susana para ver qué obtenemos de esa IP... También valgámonos de esa contraseña, si es necesario... Que Capnodis hurgue dentro del árbol, empezando desde 201.243.165.106 y con la contraseña /M1R4R@4T3N34- — finaliza diciendo el anfitrión de la reunión.

Todos están de acuerdo con la propuesta de Héctor, por lo que Susana toma su *pendrive*, el mismo en el que había traído guardado el documento, y además contiene el famoso Capnodis, entre una infinidad de otros programas *utilitarios*. Ejecuta el programa en la *notebook* de Héctor y, antes de *soltarlo* a la web, le coloca los parámetros detallados en el mensaje de Ana Teresa, que son la dirección IP y la contraseña. Con esto, Capnodis debe comenzar con el proceso de búsqueda en profundidad. Pues así es: Susana carga en su programa la dirección normalizada http://201.243.165.106/ y la contraseña */M1R4R@4T3N34-*, la cual se muestra un tanto reveladora de otro secreto. La contraseña parece indicarles otra cosa; parece otro mensaje más sobre el cual todos coinciden. La contraseña se asemeja a la siguiente frase:

/MIRAR A ATENEA-

Más allá de las semejanzas, Susana presiona el botón para comenzar la búsqueda en profundidad, en su programa, el cual, sin demora alguna, emprende su tarea.

Todos aguardan impacientes por saber qué encontrará Capnodis; esperan saber qué situará en pantalla esta vez.

En este caso en particular, la búsqueda en profundidad es muy específica, sobre una sola dirección web; aquí no debe recorrer un rango de IPs, sino que, muy por el contrario, solamente tiene que buscar en *las ramas de un solo árbol*. Este proceso no debería demorar demasiado.

Pues así es.

Casi en menos de lo que canta un gallo, Capnodis muestra otro documento en pantalla.

El grupo entero queda mirando calladamente la proyección en la pared, que proviene del proyector de la *notebook* de Héctor. Este les muestra un documento con un contenido muy extraño. Parece, según las deliberaciones de los integrantes, un mensaje encriptado o algo parecido.

El texto, aparentemente encriptado, contiene lo siguiente:

AVqRAtNdCD7UG8DRTLDehPAxNP

KpkvtkYsAa5Dvj0IKJWDvDHLmEm9SGBw

Y4YSaES5IPEWOxEW96CjkcUvJx9/bANFu

YLjH1hnEizAZIlRA+BbtwWvaUW/GeN7N2

WwzF6QEsWE0SYaorwLleVbCzzW0lmt852r

v8+YGjBbsL+iNVDY4Ovxwg+Mq1MKbXxxf

o31/WaOAWj27C787H9V4CqgLT4WZHnvqjl

p/6wfH/KE6g8qk6Jq2387b61x9bypn9wel22/D

LZkyJupM1KLreeDig/i/raV/X3k6Y2SLb9rcA

Gy9jLHYIBvTCLo1YO+CPuFtwhxqFRjgPuail

1Wj6IgxrzyvfFBWuWCm6zeHRfwAC3NXXl

y+t2Pbgj6OHiB6o0EWKYEadSInBB4AJoxw6

wgYtSqZ/6Hpdnnj8UXPgjoprEh78Xp9FJhfM

AVjzbVch4mIiaRY2LJV9Y5Ay74zuifMHzjgT

X40BwCck/Gt0p6eeMP42Q+SNKj3ChkWyBL

3Rv1ZSnbAO0lonSRvo8vWyl4pTenC3Mg0V

Y4dTpVIjlhQ=

Prosiguen analizándolo visualmente un momento más, hasta que Susana toma las riendas del equipo nuevamente y les expresa lo siguiente, con un tono de líder nato:

—¡Bueno, equipo! Es evidente que tenemos otro desafío en nuestras narices, así que comencemos otra vez con el *brainstorming*... Debemos averiguar qué es este código... que *cortésmente* nos dejó Ana Teresa en esa dirección IP. Imagino que se debe estar riendo a carcajadas de nosotros de tantos acertijos y códigos que nos ha enviado..., pero..., bueno, todos lo sabemos..., así también nos manejamos entre nosotros, ¿no? —finaliza.

—Entonces... A ver, que comience la tormenta de ideas.

—Coincidimos todos en que es algo encriptado, ¿no? —prosigue Eduardo.

Todos asienten, convencidos.

—Solo que tenemos un problemita..., y como ya todos saben, para desencriptar un texto debemos ser *galardonados* con la posesión de tres cosas —vocifera Héctor.

—Exacto… Debemos saber con qué algoritmo de encriptación fue codificado; también debemos conocer una clave y un vector en algunos casos —afirma Susana, quien continúa con una determinación digna de ser imitada.

María Rosa agrega inmediatamente:

—Ana Teresa nos premió con otro *bendito* trabajo decodificador… Me parece perfecto… Y determinar qué algoritmo de encriptación fue utilizado está a nuestro alcance… Pero… la clave y el vector, ¿de dónde los sacamos?

—Buena pregunta —contesta Susana.

—¡*Brainstorming*, *brainstorming*, por favor! —pide Héctor.

—Pensemos, ¿qué es lo que tenemos hasta ahora…? ¿Qué es lo que conseguimos y que es entendible por el ser humano…? Me refiero a lo que obtuvimos antes de encontrar este nuevo código, por supuesto… Entonces, ¿qué es? —pregunta Susana.

Eduardo contesta, sin dudar:

—Los datos que decodificamos del Proyecto MIRAR, la IP, una clave, el teléfono, Ana Teresa, etcétera.

—Exacto… Todo lo demás es ininteligible sin ser descifrado, y eso ya lo hicimos. O sea…, debemos concentrarnos en ese texto, no hay otra. Usemos los datos de MIRAR… Allí se deben esconder la clave y el vector —piensa en voz alta Susana.

—Pero… necesitamos algo más, ¿no, Terminhéctor?

—Querida amiga Su, terminarás haciendo estallar mi cerebro… Ahora me dirás que necesitamos un programa desencriptador universal, ¿no?

—Ni más, ni menos… Tú lo has dicho, Héctor.

—Lo sabía…, y lo tengo…, y, queridos colegas, tengan todos ustedes la amabilidad de esperar a que yo extraiga desde mi *pendrive*, desde la carpeta correspondiente, el objeto virtual solicitado por la *jefecita*.

Mientras Héctor busca y ejecuta, en su *notebook*, el desencriptador, todos ríen a carcajadas. Con esto, Héctor logra distender los nervios si estos se hacen notar en alguno de los miembros de las variadas reuniones que tienen periódicamente.

El programa se muestra en pantalla y a la vez queda proyectado en la pared. Este tiene una lista desplegable donde poder seleccionar entre varios métodos o algoritmos de encriptación, un campo *clave* y un campo *vector*. Debajo de estos, un gran espacio para colocar un texto, y justo al pie de este, un botón para encriptar y otro para desencriptar. El resultado es mostrado, dependiendo del botón presionado, en otro gran espacio más abajo.

—Bueno, ahora, primero lo primero… Coloquemos el código dentro del desencriptador de Héctor —comenta Susana— y concentrémonos en probar claves y vectores… Todos debatamos, ¿cuáles pueden ser claves y vectores en el texto que decodificamos anteriormente?

—Héctor, coloca el texto en pantalla, por favor…, y concentrémonos en él —le solicita Eduardo.

Mediante una combinación de teclas, Héctor muestra nuevamente el texto y agrega:

—¡He aquí… nuestra creación!

El Proyecto MIRAR se sitúa en las afueras de la Gran Ciudad, hacia el sur, en el kilómetro 11 por la ruta 9

La dirección IP es la 201.243.165.106

Clave de acceso: /M1R4R@4T3N34-

Mensaje: Solo ANNON podrá hacerlo

Llamar primero: 54034544228765

Contacto: Ana Teresa

—Utilicemos el método de *René* —agrega Héctor.

—¿Método de René? —preguntan los demás, como si fueran un grupo de canto *a capella*.

—Sí, el método de René Descartes.

—¿Por qué Descartes…? ¿Qué método formuló para extraer partes importantes de algo? —le interroga María Rosa.

—Es simple. Busquemos la clave y el vector… por *descarte* —aclara, riendo, el dueño de casa, a quien los demás acompañan con más risas.

Algunos le dicen:

—¡Basta, Héctor! Nos estás haciendo doler el estómago de tanto reír.

Este sigue diciendo:

—Establezcamos nuestro rumbo…, nuestras *coordenadas*, y *descartemos* lo que de ninguna manera podría ser una clave o un vector.

—Empecemos —lidera Susana, diciendo solo esa palabra—. Quitemos toda palabra menor de cuatro letras y los verbos —agrega.

Héctor se dispone a sacar todo lo solicitado por Susana. El texto queda de la siguiente manera:

Proyecto MIRAR afueras Ciudad hacia kilómetro 11 9

Dirección 201.243.165.106

Clave acceso: /M1R4R@4T3N34-

Mensaje: ANNON

primero: 54034544228765

Contacto: Teresa

—Pensemos ahora, con lo que tenemos frente a nuestros ojos, ¿qué palabras pueden llegar a ser claves y/o vectores…? Por mi parte, no veo posibilidad de recomposiciones, acomodos de letras, permutaciones, decodificaciones, etcétera, ya que no tenemos ningún patrón o nuevo *acertijo* para ello… Por esto, la clave y el vector deben estar a plena vista —intuye en voz alta Susana.

—Si en lugar del pensamiento lateral utilizamos el pensamiento lógico —agrega Eduardo—, mi lógica me indica a gritos que la clave y el supuesto vector se encuentran en donde dice "Clave acceso"… Noten que podemos dividir esa clave maestra en dos partes bien definidas… Noten, y recuerden que lo comentamos antes…, que tenemos una especie de dos palabras separadas por el símbolo arroba… Si necesitamos unas credenciales para desencriptar el código, qué mejor que buscar en donde dice *clave*, ¿no? —finaliza.

—Es muy lógico. Una misma clave para dos usos diferentes; pero, para lo que nos toca ahora, la dividimos en dos —agrega Héctor.

—Entonces separamos la *clave madre* en dos, utilizando como separador el símbolo arroba… Tendríamos algo así: *M1R4R* y *4T3N34* —razona María Rosa.

—*Okay*. Intentemos de la forma que nos dijo María y luego solo con letras también, o sea: *MIRAR* y *ATENEA*… No nos olvidemos de que tenemos los caracteres / y - al comienzo y al final, aunque puede que sean separadores también, como para delimitarnos más las credenciales… Es evidente que no es lógico que se utilicen por ahora —expone Susana, a lo que

209

agrega—: Probemos con desencriptar el código utilizando estas cuatro posibilidades, combinándolas, a su vez, con cada uno de los algoritmos descifrados.

Y la razón puede sobre la fuerza. Una de esas cuatro combinaciones ha surtido efecto y en conjunto con el algoritmo denominado *Triple DES*. Las credenciales son *MIRAR* y *ATENEA*.

Este algoritmo de encriptación, llamado *Triple DES*, se basa en la utilización de dos claves —clave más vector— para realizar un doble cifrado sobre el primero. Es un cifrado doble sobre un primer cifrado DES. El TDES está basado en el algoritmo de 56 bits, creado en 1976 por IBM, denominado DES, acrónimo de *Data Encryption Standard*, o en español, *Encriptado de Datos Estándar*. El DES de por sí es un tanto inseguro, pero el Triple DES utiliza dos claves para realizar una encriptación sobre otra, dos veces; con esto se logra una encriptación de 192 bits. De todos modos, existen otros métodos mucho más seguros que el TDES, como el AES, por ejemplo, el cual usa una encriptación de datos avanzada, basada en una clave de 256 bits para el proceso de encriptación. El código descubierto por Capnodis en la IP proporcionada por Ana Teresa había sido encriptado por medio del algoritmo Triple DES.

Lo que ven a continuación trae nuevamente sus almas a sus respectivos cuerpos. El programa de Héctor muestra lo siguiente:

Señores, sus objetivos:

Gobierno:

www.fr.gov

www.bfi.gov

www.sna.gov

www.casagris.gov

www.congresodelanación.gov

www.rimar.gov

www.hexagono.gov

www.syde.gov

www.serviciosecreto.gov

Password: la misma

211

Para hacerlo público:

Jorge.paredez@xnn.com

Sandra_lopez@tnntn.com

E_RRivera@cnm.com

Martingonzalez@clarinete.com

U-Aguirre@elnacional.com

Nuestra libertad está en sus manos.

Es de esperar que comiencen a formular sus objetivos.

La mira ya está lista.

Ahora, solo les resta *apretar el gatillo*.

Capítulo 21

Todos están congregados en la sala de reuniones del área de Operaciones. El tema a tratar es prioritario: analizar el interesante, pero a la vez lo que parece un funcionamiento *anormal* de ATENEA en lo que respecta a sus muy *humanas* conversaciones por cualquier medio a su alcance. También se analizarán sus respuestas, en base a las preguntas que le formulara Marcelo en la sala de pruebas de inteligencia artificial.

En la sala de reuniones ya se encuentran las cinco personas del área de Operaciones, con Carlos al mando.

El objetivo de esta reunión es debatir el avanzado funcionamiento inteligente de ATENEA, el cual ha tenido un cambio rotundo en estos años dentro del Proyecto MIRAR. Podría llamarse mejora, aunque deja en el equipo un gran *pero*. ¿Está realmente tomando conciencia de su existencia? Cuando se dirige a ella misma, ¿es realmente consciente de su lugar en el mundo? Cuando dice *yo*, ¿expresa con conciencia esa parte de su ego?

Preguntas y más preguntas se generan constantemente en las mentes de cada uno de los integrantes del equipo.

Carlos comenzará a realizar las suyas. El debate está empezando.

El jefe se dirige a Marcelo, a modo de punto de partida, para dar comienzo a los análisis:

—Marcelo, en base a las respuestas que expresó ATENEA respecto de las preguntas que le realizaste en el cuarto de prueba de inteligencia artificial, ¿qué impresión te han dado? ¿Qué análisis puedes hacer sobre ATENEA, su comportamiento y sus recientes respuestas?

—Bueno, Carlos…, equipo… Como todos sabemos, ATENEA viene dando marcados indicios de que está evolucionando hacia una autoconciencia. Ha creado una especie de conciencia de sí misma que hasta ahora nunca había sucedido. Ninguna computadora de este mundo ha desarrollado lo que estamos evidenciando cada día que pasa respecto de la nuestra. Además, como todos están al corriente, se halla en plena ejecución, desde los inicios de ATENEA, en el interior de sus procesadores cuánticos de 512 qubits, nuestro software de inteligencia artificial. Recordemos que este programa simula el comportamiento de las redes neuronales del cerebro humano, y como se ha observado científicamente..., según lo han analizado varios estudios científicos..., en cada sinapsis o comunicación entre las neuronas nuestro cerebro actúa por medio de lo que se llama *entrelazamiento cuántico...*, de igual manera que en el procesador de ATENEA..., donde un *estado cuántico* de una neurona o red neuronal del cerebro humano es replicado en varias neuronas o redes neuronales aledañas...; o sea, en *diferentes lugares del cerebro... y al mismo tiempo...*, con lo cual ese mismo estado de entrelazamiento cuántico estaría produciéndose en nuestra ATENEA a una escala mucho mayor en comparación con sus inicios. Y si a este comportamiento *imitador* de los estados entrelazados cuánticos de nuestro cerebro agregamos miles de terabytes de información que ATENEA ha podido manejar y comprender durante estos años, y si, además, sumamos sus varios procesadores cuánticos de 512 qubits cada uno…, mi sincera conclusión… es que…, es que estamos ante la presencia del primer comportamiento consciente; la que se vale de la razón pura, para sus discernimientos, de una entidad no humana. Recordemos que algunos animales, como chimpancés y delfines, también presentan este comportamiento. Ellos saben que existen; se ven en un espejo y se reconocen. Entonces, no creo que lo visto hasta ahora en ATENEA sea un *simple* comportamiento complejo proveniente de un muy buen algoritmo de sistemas expertos. Creo…, y lo creo cada vez más…, que nuestra supercomputadora está consciente de que existe, y que existe como un *organismo* no humano, diferente, pero que existe al fin y al cabo… Y además existe, según sus propias palabras, gracias a nosotros, los humanos…, sus creadores. Y para agregar…, esto me da un poco de escalofríos al decirlo…, ya que si hemos creado un *organismo* capaz de tener conciencia de su propia y relativa existencia,

¿en qué nos convertimos nosotros, los humanos...?, ¿en dioses?

Todos quedan muy satisfechos con el razonamiento de Marcelo. Todos piensan lo mismo. Todos continúan debatiendo sobre la misma incógnita. Cada uno expone su opinión, las cuales son muy similares a la de Marcelo. Aunque Carlos tiene algunas dudas, también expresa una muy buena reflexión, equivalente a la del supervisor del área.

La conclusión es que están ante uno de esos grandes cambios que marcan un antes y un después, un punto de inflexión en la humanidad. Desde la invención de la rueda, ocurrieron infinidad de adelantos y cambios en favor de nuestra humanidad, pero pocos fueron del tamaño y del alcance respecto del cual, y en estos momentos, son los únicos espectadores. Aunque, algún día, este secreto podría llegar a cambiar.

De todos modos, a Carlos le queda una duda. ¿Qué decisiones estará tomando ATENEA con respecto a los puntos establecidos en el Proyecto MIRAR? ¿Por qué le dijo a Marcelo que no comprendía el *fin último* del proyecto?

Nadie puede explicar esta última opinión de ATENEA. Nadie. El fin último, para el nivel de entendimiento del grupo, está tan claro como el agua: el control total de la red Internet y de sus usuarios. Pero ¿por qué ATENEA, con su nueva conciencia freudiana, no lo comprende?

El accionar de ATENEA continúa según los parámetros del proyecto y nunca se ha desviado, le informa a Carlos Roberto Sandoval, una de las mentes que conforman el equipo del área de operaciones.

Por ahora, ATENEA sigue cumpliendo con su trabajo a la perfección.

ATENEA los estuvo escuchando durante toda la reunión, y un momento antes de que finalice se expresa por medio del sistema de audio de la sala, exponiendo lo siguiente:

—Compañeros de equipo, veo que me están comprendiendo. Muchas gracias.

Capítulo 22

El director del Proyecto Mirar, Juan Pedro Apóstol, ya fue informado sobre el resultado obtenido luego de la reunión de los cuatro integrantes del área de Operaciones respecto del comportamiento inusual de la supercomputadora ATENEA. Carlos le envió un resumen de lo hablado y de las conclusiones a que llegaron.

Era de esperar que el director Juan Pedro Apóstol, como ingeniero en Computación, además de poseer un master en Tecnologías de la Información y otro en Inteligencia Artificial y Sistemas Expertos, respondiera solamente con cuatro líneas:

Esto estuvo presente en todas mis pesadillas.

Ahora parece que se están haciendo realidad.

Mantenme al tanto.

Gracias, Carlos.

Capítulo 23

Todos los integrantes que se encuentran reunidos en la casa de Héctor comienzan a reorganizar sus mentes, a preparar de otra manera sus formas de pensar, a establecer un cerebro en estado de alerta. Hasta ahora, han realizado un gran proceso mental, analítico, lógico, lateral; en resumen, hasta el momento estuvieron *configurados mentalmente* de una manera muy proactiva. Ahora, sus mentes están cambiando, se están *reconfigurando*, casi de una forma inconsciente, hacia un estado totalmente proactivo-reactivo. Los cuatro se han colocado, de una manera muy natural, en lo que ellos suelen llamar *modo ataque y defensa.*

El objetivo o el paso a seguir, de ahora en más, es el de avisar y dar a conocer a todos los integrantes de ANNON, de una manera resumida, el propio Proyecto MIRAR, lo que han descubierto y el plan para detenerlo.

Detener el Proyecto MIRAR se ha transformado en su objetivo primordial. Con la información que han obtenido gracias a Ana Teresa, tienen mucho con que presionar para detener a MIRAR.

Este contacto, aparentemente del lado de MIRAR, les ha pasado páginas *no públicas* de organizaciones como la *Reserva del Estado Federal*, las *Fuerzas de Investigación del Estado*, la *Agencia para la Seguridad de la Nación*, la *Casa Gris*, el *Congreso de la Nación*, la mismísima página del *Proyecto MIRAR*, el *Hexágono*, el cual no puede librarse de ser un objetivo primordial, el *Servicio de Inteligencia Nacional* y el *Servicio Secreto de la Nación*.

Todos estos sitios web que fueron provistos por el contacto de nombre Ana Teresa son privados, ya que no aparecen en los resultados de búsqueda de ningún buscador web ni como links adjuntos en ninguna otra página; y aunque estos sitios son del Estado, no dejan *huellas digitales* luego de que un usuario debidamente autorizado ingresa… En dos palabras: no existen. Solo las personas con el formal permiso pueden acceder a ellos.

Pero ANNON tiene otro recurso muy valioso, hasta se podría decir que mucho más valioso que los anteriores. Gracias a Ana Teresa, posee elementos para ejercer presión sobre los dueños del Proyecto MIRAR. Además del arsenal digital de ANNON, estos tienen en su poder las direcciones de correo electrónico de algunos periodistas de gran nivel y reputación dentro de los periódicos más importantes del mundo.

La contienda se está gestando.

Todo el trabajo que el equipo de los cuatro, conformado por Susana, María Rosa, Héctor y Eduardo, realizó hasta ahora —sumado a lo que realizará de ahora en más—, lo hará de igual forma cualquier otro miembro o grupo de miembros de la red ANNON. Cooperación mutua, actividades a pequeña y gran escala, y trabajos en modo colmena son algunas de las formas de accionar de ANNON.

Susana nuevamente toma las riendas del liderazgo del equipo. Comienza organizando la información que será enviada a todos y a cada uno de los miembros de ANNON, junto con las acciones a tomar y un gráfico de GANT con todos los pasos y tiempos a seguir para llevar a buen final lo que será el mayor ataque informático de todos los tiempos, ejecutado por una sola organización de *hacktivistas* sobre la red de redes, sobre la mismísima Internet. Algunos integrantes del equipo de los cuatro ya están denominando a la operación que están por coordinar y llevar a cabo *World War Web I*, haciendo alusión a una Primera Guerra Mundial en la Web y también como una analogía a la propia WWW, o sea, a la World Wide Web.

Pasadas unas pocas horas, el gráfico de GANT ya está realizado y listo para ser enviado a todos los miembros de ANNON. Este gráfico incluye desde *quién* comenzará a hacer *qué* cosa hasta la tecnología de *hackeo* que utilizarán; en qué orden las ejecutarán; en qué momento atacarán todos los miles de miembros juntos; y en qué instante y por quién será dado a conocer el Proyecto MIRAR, usando como medio todas las direcciones de correo electrónico de los periodistas que figuran en la lista. Dicha lista es la que fue proporcionada, encriptada en un principio, por Ana Teresa, a los miembros de ANNON.

El plan o gráfico de GANT es una manera de organizar visualmente ciertas actividades a realizar, por ejemplo, qué actividades serán programadas, cómo se harán tales acciones, quién las ejecutará, en qué momento se llevarán a cabo y durante cuánto tiempo se sostendrá cada actividad, en donde ciertas actividades pueden preceder o suceder a otras, o bien alguna actividad puede superponerse total o parcialmente a otra u otras.

El plan es como un preámbulo de la *revolución digital*, la antesala a la *World War Web I...* Es la puerta hacia la *Primera Guerra Mundial en la Web*.

Capítulo 24

El plan de actividades de repudio al Proyecto MIRAR es enviado a toda la red ANNON por medio de sus propios sistemas de correo, encriptados con sus propios algoritmos y alojados en sus propios servidores. Estos servidores, por donde circula toda la información de ANNON, están distribuidos en forma de espejo en varias partes del mundo. Dichos *mirrors* contienen réplicas exactas de todos los servidores, por lo que si un servidor queda fuera de línea por algún motivo se puede continuar trabajando de la misma manera. Los servidores espejo se sincronizan con un servidor o hasta a veces con más de un servidor principal o principales.

De esta manera, la red ANNON consigue estar siempre conectada, uniendo a cada uno de los miembros con todos los demás. En estos servidores espejo o *mirror* se ejecutan servicios privados de mensajería instantánea, correo electrónico, foros y diferentes páginas web. Entre todo lo anterior se conforma una gran *red informática global*, la cual está constituida y funciona utilizando la red Internet, *la Nube*, pero con una variante muy especial: esta red informática de ANNON utiliza una tecnología de redes seguras, denominada VPN (*Virtual Private Network*) o de *Red Privada Virtual*. La mencionada tecnología sería análoga a una red LAN (*Local Area Network*) o *Red de Área Local*, que puede llegar a tener cualquier hogar en donde se utilice más de una computadora y en cualquier organización privada o pública de cualquier tamaño. Pero esta red se arma de una manera *virtual*, y es así, ya que las computadoras que conforman estas redes VPN no están conectadas mediante cables de una manera física y visible, sino virtualmente, utilizando Internet. Cada computadora de una VPN contiene un programa cliente, el cual se encarga de *simular* una conexión de red física —por ejemplo, cable de red— con otras computadoras. De la misma manera están configuradas todas y cada una de las demás computadoras de la red de ANNON, donde estos programas cliente *simulan* estar unidos físicamente entre sí, a través de Internet. Con esto logran estar conectados, de forma privada y de una manera constante, todos los miembros de la red ANNON, pero siempre con una separación *virtual* con respecto a la red Internet, ya que cada VPN encripta los datos que son transmitidos a través de la red de redes. De esta manera, conforman conexiones seguras e indetectables para cualquier programa *olfateador* que pretenda detectar sus comunicaciones.

Pero existe una diferencia con las VPN estándar, y es que ANNON utiliza sus propios algoritmos de encriptación. Estos fueron desarrollados de la misma manera que todos los demás programas utilitarios usados por estos *centinelas que resguardan la libertad y la moral en Internet*. Con esto, se aseguran de que no podrán ser detectadas las comunicaciones que surgen desde cada computadora unida mediante VPN. Sus computadoras navegan las veinticuatro horas del día sobre Internet, por medio de los servidores *espejo*. Con esta encriptación *made in ANNON*, ninguna *puerta trasera* —

backdoor—, colocada por alguna organización desarrolladora de algoritmos de encriptación *estándar*, puede ser abierta. De este modo, sus transmisiones privadas virtuales están a salvo. Sin una puerta trasera, su detección es extremadamente difícil para los organismos que persiguen a la red ANNON. Estos organismos deberían escuchar u *olfatear* transmisiones encriptadas con algoritmos que utilizan claves de 256 bits... o más; y luego, rearmar estas transmisiones. Un trabajo casi imposible. Siempre piensan que les es más fácil hallar estos servidores *espejo*, como los que posee ANNON, que desencriptar sus comunicaciones y rearmarlas para que sean entendibles.

El plan, con la gráfica de GANT, es enviado por Susana y les llega a todos los integrantes de la red ANNON. También reciben una copia del Proyecto MIRAR para que todos estén al corriente de lo que deberán enfrentar. El email que reciben de parte de Susana debe ser contestado como prueba de recibido. También deben confirmar quiénes estarán disponibles para el *momento D*, o sea, para comenzar el rechazo a este proyecto. El texto del email de Susana reza lo siguiente:

Queridos colegas de ANNON:

No necesitaré explicar nada respecto de este mail, ya que se darán cuenta del porqué de este con solo leer la primera página del documento adjunto con nombre MIRAR.pdf.

Luego de que lo hayan leído, y entendida la amenaza a nuestros principios, basémonos todos en el gráfico de GANT, adjunto como GANT.pdf. Todo lo codificado y encriptado que encuentren en el documento adjunto MIRAR.pdf ya fue decodificado por nosotros. Los resultados de nuestra decodificación están en el otro archivo adjunto, de nombre ANNON.txt. Solo debemos... actuar..., y rápido. Simplemente, basémonos en el GANT. *Los queridos miembros que estén disponibles para llevar el trabajo a buen término me lo confirman por este medio, por favor. Solo para verificar el grado de efectividad que tendremos.*

Un gran abrazo,

Susana

Luego de este mail, Susana obtiene 7853 respuestas de confirmación de recibido, y el número continúa en aumento. La casilla de email de Susana está al rojo vivo.

Todo se encuentra contemplado en el plan. En la gráfica de GANT figura qué es lo que deben hacer primero, a qué hora, de qué manera, a qué objetivos dirigirse y con qué tecnología hacerlo.

Solamente el equipo de Susana se reserva el privilegio de hacer público el Proyecto MIRAR, de enviarlo a las direcciones de los periodistas detallados en la lista facilitada por Ana Teresa. Simplemente lo harán por una razón: son ellos los que, por casualidad o no, han descubierto el documento, gracias al programa Capnodis. Y también, y como principal motivo, porque si llegan a ser descubiertos, solo recaerá el castigo, injusto o no, sobre Susana y su equipo. Ningún otro miembro de ANNON debe sufrir daño alguno. Susana mantiene reprimida, en un recóndito lugar de su *yo* interno, una pequeña pero persistente desconfianza. Ella presiente que este documento hallado por su programa, sobre el Proyecto MIRAR, puede llegar a ser una trampa, un anzuelo, con el objetivo de que algunos interesados en desarticular a ANNON se salgan con la suya. Aunque la realidad es que están todos muy confiados, ya que los periodistas detallados en la lista desencriptada son reales y se encuentran trabajando en sus respectivos medios de noticias. Pero también resta esperar que esas direcciones de correo electrónico también sean las reales.

El momento de actuar ha llegado.

Capítulo 25

Según el plan programado en la gráfica GANT, primero se realizará un ataque masivo a todas las páginas web detalladas en la lista desencriptada. Esto se realizará, en primera instancia, utilizando una técnica llamada *Denegación de Servicio Distribuido*, o también DDoS. En una segunda etapa, y manteniendo los mismos objetivos, será utilizada la técnica de ataque denominada *Ping Flood* o *Inundación de Ping*.

La técnica de ataque de DDoS o Denegación de Servicio Distribuido consiste en dejar una computadora o una red entera inaccesible a los propios usuarios de esos sistemas.

El uso de esta técnica conlleva un gran consumo del ancho de banda disponible para dichos usuarios, y a modo de efecto dominó, también sobrecarga todos los recursos informáticos del sistema víctima. Una analogía ejemplificadora de un ataque de DDoS sería como si miles o millones de usuarios estuvieran intentando acceder tanto a una computadora como a una red entera, o bien, como lo dicta el plan de ANNON, a las redes subyacentes a varios sitios web del gobierno. Todos estos miles o millones de usuarios *no reales*, que en conjunto generan un DDoS, envían a cada sitio web una solicitud de atención o conexión; de manera inmediata, el sitio web les devuelve la solicitud de conexión a todos estos usuarios virtuales, con la entrega de *su servicio* —por ejemplo, su página de inicio—, con lo que, a posteriori, estos usuarios digitales deben responderle con una especie de "Muchas gracias, he recibido su servicio". Pero esto último es lo que justamente un ataque de DDoS *no realiza*; muy por el contrario, deja al servidor o sitio web esperando la respuesta de *agradecimiento* de cada uno de los miles o millones de usuarios. Como el servidor o sitio web atacado queda a la espera de miles o millones de respuestas que nunca llegarán, automáticamente *deja abiertas* para siempre esas *relaciones*, las cuales también son llamadas sesiones. Entonces, esas sesiones *abiertas* de los miles o millones de usuarios generadas por un ataque de DDoS, todos casi *al mismo tiempo*, consiguen que el servidor o sitio web *rebalse o se desborde*, sobrepasando la cantidad de usuarios a quienes puede entregar su servicio. Cuando la red del sitio web atacado no es capaz de entregar más solicitudes a ningún usuario real o virtual, el mismo servidor del sitio dice: "No, no entrego más solicitudes", y cierra sus puertas. Con este *portazo* de parte del sitio web, colapsado por múltiples solicitudes de sesión, se genera a sí mismo un cierre temporal. El sitio web automáticamente deja de prestar sus servicios y finaliza su funcionamiento, *denegando* nuevas conexiones a *usuarios reales, de carne y hueso* que también necesiten acceder. Todo esto se realiza en fracciones de segundo, y como es un ataque distribuido, ya que miles de personas de la red ANNON pueden atacar un mismo sitio, cada uno de estos *hackers* de carne y hueso de ANNON pueden generar otros miles de *hackers* virtuales, atacando todos al mismo tiempo. Esto es lo que hace que suceda el colapso.

Un ataque de Denegación de Servicio Distribuido puede tomar varias formas a la hora de hacer caer desde una simple computadora hasta un gran sitio web gubernamental, y esas maneras pueden llegar a ser por un gran consumo del tiempo de procesador del servidor web o saturación del ancho de banda y del espacio en el disco del sitio atacado; también puede modificar las rutas por donde debe circular ese sitio web, obstruir las comunicaciones entre el sitio y los usuarios, interrupción de las sesiones de usuarios reales o bien un ataque a los propios dispositivos que conforman una red.

Posteriormente, y para reforzar aún más el efecto del ataque, ANNON utilizará otra técnica denominada *Inundación de Ping*, la cual se dedica a enviar a la víctima, de una manera constante, varias *solicitudes de respuesta —ping—*, pero *trozadas* en pequeños paquetes de datos hacia dicha víctima, por lo que esta debe responder inmediatamente. Cada paquete entero de datos —*ping*— es enviado en pequeños trozos, pero que en conjunto suman un tamaño de *ping* mucho mayor al tamaño que puede aceptar un sistema receptor. Al momento en que el sistema receptor o la denominada *víctima* rearman estos paquetes, se encuentra con que debe responder a *solicitudes de respuesta* con un tamaño erróneo, generando errores de desbordamiento y ocasionando la inmediata caída de la víctima. Como la capacidad de ANNON siempre superará la capacidad de la página web víctima, se generará una saturación del ancho de banda disponible para esa web. En la jerga informática, el concepto de ancho de banda algunas personas lo redefinen como *tamaño o diámetro de la manguera*, haciendo una analogía con las mangueras de riego de agua. Si hay mucha *presión* en la manguera, esta colapsará por algún lado.

Y como norma de ANNON, siempre la capacidad de procesamiento de esa colmena de miembros de la red de cyberactivistas debe ser mayor a la capacidad de la víctima. De esta manera, la web *herida* cede ante tal presión.

El ataque, en estos momentos, está comenzando.

ANNON se hará sentir.

Capítulo 26

El celular de Susana se activa con una llamada en modo vibración, a lo que le sigue un cambio al modo timbrar, como adelantándose y asemejándose a un *presagio virtual*. Es un llamado *privado* que comienza a materializarse en la pantalla de su *smartphone*.

—¿Privado...? ¿Quién será? —dice Susana con una voz muy baja, casi rozando con el pensamiento, al mismo tiempo que toma su celular y mira su pantalla. Enseguida, se dispone a contestar—. ¿Hola? ¿Quién hab...?

—¡Hola de nuevo, estimada amiga!

Susana inmediatamente recuerda que su única amiga del alma, Carla, está enferma en su casa, por lo que se muestra muy alegre. Aunque la voz no suena como la de Carla, Susana sabe que está con unos problemas en las vías respiratorias, por lo que supone un pequeño cambio en su voz debido a su estado.

—¡Carla, querida, qué alegría escucharte…! La verdad es que no te pude llam…

—¿Quién es Carla? —se expresa la voz, con tono un tanto enérgico, del otro lado de la comunicación, interrumpiendo a Susana.

—¡Carlita! Vamos, querida… Se ve que estás mejor, aunque… tu voz no me dice mucho si te has mejorado o no —contesta Susana con una auténtica voz ingenua, pero a la vez alegre por saber nuevamente sobre su amiga.

—Disculpe, pero mi voz es la de siempre. Si no le gusta…, ¿cree usted que yo podría cambiarla? ¿Se sentiría mejor con ello? Estimada señora, está en una conexión segura, así que, ¿sería tan amable de decirme solamente su nombre de pila, por favor?…, sin su apellido.

242

Susana al instante se da cuenta de que no es su amiga Carla la que está llamando. No había podido ir al cine con ella, pero gracias a esa imposibilidad, y luego de haberse quedado en su casa y ejecutado su programa Capnodis en su mini supercomputadora personal, le había sido posible encontrar el documento del Proyecto MIRAR.

—¿Quién es usted...? ¿Quién llama...? ¿Conexión segu...?

—Soy Ana Teresa, ¿me recuerda? Usted me llamó... y... Entonces..., ¿su nombre de pila es...?

—Susana... —responde con un tono bajo y dudoso.

—Muy bien... ¿Y debo decirle... señorita o señora Susana?

—Eso no es relevante, Ana Teresa... ¿Y a qué se debe su bienvenido llamado...? Debo agradecerle por lo...

—Espere, espere, estimada Susana... Es mi deseo, y aunque esta sea una comunicación segura, que nos limitemos a no ser muy explícitas, ¿le parece? —interrumpe otra vez Ana Teresa, antes de que finalice su frase, como intuyendo que Susana está por cometer un acto fallido—. Y disculpe mi llamado, pero solo quería ofrecerle algo más..., y esta vez, proponérselo a usted solamente.

—Muy bien..., dígame..., ¿qué es lo que tiene para mí ahora...? Apreciaremos toda su ayuda.

—Quiero ofrecerle a usted... un trabajo más.

—¿Qué tipo de trabajo, Ana?

—Un trabajo que jamás se le habrá cruzado por la mente que llegaría a tener algún día.

—¡Oh...! Desde ya, le agradezco, Ana, y... le digo que ya estoy percibiendo el accionar de mi ansiedad agujereando mi estómago..., así que..., ¡dígamelo ya, por favor!

—Va a trabajar en el Proyecto.

—Pero... ¿de qué proyecto me está hablando?

—Usted ya lo sabe, y no lo diga por aquí... Y, además, debo entregarle ciertos papeles y otras cosas personalmente, por lo que le solicito encontrarnos en un lugar.

—*Okay*, Ana, y si va a decirme algo sobre el lugar de nuestro encuentro, recuerde que no debemos ser muy explícitas por este medio.

—Descuide…, la artífice de todo esto no se permitiría error alguno…, ¿no? Y no será precisamente por este medio por el que se entere usted; en referencia al lugar, Susana.

—¿Por cuál entonces?

—Por la TV.

—¡¿Por la TV?!

—Así es, y… ¿tiene a mano una TV digital, Susana?

Luego de que Susana le consultara a Héctor si tenía una TV digital, esta le responde a Ana Teresa afirmativamente.

—¡Perfecto! Entonces, deberá seleccionar el canal *Erecto Tic En* dentro de una hora, y a partir de ese momento, el mensaje solo estará visible en pantalla durante un minuto.

—¿Qué…? ¿*Erect*…?

—*Okay*, se lo deletreo —Ana Teresa, a modo de ayuda extra, le deletrea la frase que le acaba de decir: *Erecto Tic En*, junto con los espacios, y Susana procede a dejarlo anotado todo en un papel.

—Uy…, ¿está en latín o es…? ¡Otro acert…! *Okay, okay*, va a ser difícil, pero no imposible…, ¿no, Ana Teresa?

—Usted lo ha dicho, Susana… Y tiene una hora para averiguar su significado y sintonizar el canal.

—¿Y qué veré en ese canal... denominado..., eh...,
Erecto Tic En?

—Verá un lugar dentro de la ciudad en la cual usted se
encuentra en estos momentos. Allí deberá dirigirse luego de
ver la tele y allí recibirá ciertas instrucciones y otras cosas
más... También se enterará de dónde va a trabajar... Todo
esto lo tendrá que hacer en menos de media hora luego de
saber sobre el sitio. ¿Entendió, Susana...? Deberá estar en ese
lugar dentro de la media hora siguiente, a partir del momento
en que usted conozca ese lugar por la TV... Recuerde que se
muestra al comienzo de un programa de TV en el canal *Erecto
Tic En*.

—Y... ¿mi trabajo actual? Tengo un muy buen trabajo
en la Gran Ciudad, ¿sabe usted eso? ¿Cómo podría yo
abandonar un gran trabajo... y que también es el que me da de
comer? Soy clara, ¿no?

—Sí, acabo de averiguar dónde trabaja.

—¿Qué...? ¡¿Realmente lo sabía?!

—Por supuesto que sí..., pero lo que usted no sabe es
que en este otro trabajo será consciente de un gran cambio en
nuestro mundo... Ayudará a devolverle a cada persona o cosa

la independencia y libertad perdidas… No desaproveche esta oportunidad, Susana. Créame.

—*Okay*, perfecto…, pero…, Ana, ¿cómo sabe usted en qué ciudad me encuentro ahora? ¿Y cómo sabrá quién de los que estén allí seré yo? ¿Cómo me encontrará?

—Menos pregunta Dios y perdona, Susana… Menos pregunta Dios y perdona.

Capítulo 27

Más de 7000 miembros de ANNON ya comenzaron sus primeros ataques de Denegación de Servicio Distribuido (DDoS), que tienen como objetivo los siguientes sitios web gubernamentales:

www.fr.gov

www.bfi.gov

www.sna.gov

www.casagris.gov

www.congresodelanación.gov

www.rimar.gov

www.hexagono.gov

www.syde.gov

www.serviciosecreto.gov

Cada una de las más de 7000 solicitudes anónimas del ataque de DDoS está generando otras miles o millones de solicitudes de conexiones virtuales dirigidas a cada una de las páginas web de la lista. En total, serán varios millones de solicitudes anónimas de sesión al mismo tiempo las que se dirijan de modo imparable hacia sus objetivos ya establecidos. Cada una de estas solicitudes surca una infinidad de rutas de red sobre la gran telaraña mundial. Irán por diferentes medios de transmisión, como satélites y fibra óptica, tanto por tierra como por los océanos Atlántico y Pacífico, por líneas inalámbricas, por cables de cobre, etcétera. Pero sin importar el medio de transmisión y el camino que estos *misiles digitales* tomen, ni uno de ellos se desviará *ni por un segundo de distancia* de su objetivo. Todos están por atacar al mismo tiempo y sin piedad cada una de las redes de área local (LAN) que soportan estos importantes sitios web del gobierno.

Es el comienzo del fin... La *hecatombe digital* se ha desatado. Los misiles de DDoS han impactado en sus objetivos. Cada objetivo comienza a debilitarse progresivamente. A cada uno de los administradores de esas redes se le ha comenzado a erizar los pelos de la nuca. Los sistemas de alerta temprana y análisis de tráfico de red están mostrando información fuera de los promedios habituales y sin parar. Se divisa de manera abrupta un gran aumento de sesiones incompletas de conexión de usuarios. Los administradores ya están pensando lo peor. Millones de peticiones de conexión están presagiando en las mentes de los administradores de redes un ataque de denegación de servicio. La realidad supera a la ficción, ya que se encuentra en progreso, en contra de cada una de las redes gubernamentales, un ataque informático masivo.

Los administradores de todos los sitios detallados en la lista ya están al corriente de cuáles son las páginas web que están siendo atacadas, pero también saben otra cosa: que no pueden hacer absolutamente nada para detener el ataque. Y si bien cuentan con programas que detectan estos ataques y los bloquean automáticamente cuando desde una misma dirección

IP se recibe más de un número máximo permitido de solicitudes de conexión, el problema es que estos ataques de DDoS pueden partir hacia sus objetivos —de hecho, lo hacen— con los datos de sus cabeceras modificados, haciendo que cada uno de los millones de *misiles digitales* atacantes presenten información de IP y demás datos diferentes a cada ataque precedente.

Una a una, todas las páginas principales de las organizaciones del gobierno comienzan a desplomarse. Ahora nadie, absolutamente nadie, en ninguna parte del mundo, puede utilizar sus servicios. También comienzan a colapsar las redes satelitales que utilizan los datos alojados en estas páginas web. Tanto los satélites militares como los de exploración del espacio sufren deterioros temporales en su funcionamiento.

La información ya se encuentra en manos del Presidente de la Nación y de su gabinete de ministros. Un gran problema de seguridad nacional se ha materializado frente a sus narices. Además, no pueden comprender de qué manera pudieron ser atacados sitios web del gobierno que no son públicos, no están publicados en ningún lugar, no aparecen en los resultados de búsqueda de ningún buscador web; solo están en las mentes de las personas con los debidos permisos para el acceso desde cualquier lugar del mundo. ¿Cómo pueden estar siendo atacados sitios web del gobierno que literalmente *no existen*?

Es un verdadero problema de seguridad nacional y un gran dolor de cabeza para todos.

Y mientras los ataques continúan, las casillas de email de los periodistas detallados en la misma lista desencriptada reciben un mismo email. Esos emails contienen lo mismo: un texto y un documento adjunto. El documento adjunto es el mismísimo documento de tipo .pdf correspondiente a las 160 páginas del Proyecto MIRAR. En el campo *Para* del mail se detallan las direcciones de cada uno de los periodistas destinatarios; de este modo, Susana se asegura de que todos sepan que los demás periodistas recibirán lo mismo; que cada uno de los periodistas sepa del Proyecto MIRAR; y, además, se asegura auténtica imparcialidad al momento de hacer público el Proyecto MIRAR. El texto escrito en el cuerpo del email reza lo siguiente:

Estimados señores periodistas:

Se les adjunta un documento .pdf que se corresponde a un proyecto de ley aprobado de manera secreta y que ya está funcionando hace varios años. Este documento fue encontrado en Internet por nosotros, por la red ANNON, y gracias a uno de nuestros programas de búsqueda profunda en Internet.

Esta ley generó toda una parafernalia de tecnologías, actualmente funcionales, con el solo objetivo de controlar el ciento por ciento de la red Internet para coartar la libertad de expresión, la neutralidad en la WWW y, como si fuera poco, el derecho a la intimidad real y virtual *de los usuarios finales.*

El número de dirección IP del Proyecto MIRAR es 201.243.165.106, y equivale a la URL www.rimar.gov. *Por medio de esta IP, la supercomputadora ATENEA realiza el control de la WWW. Si detectamos que esta IP cambia, se los comunicaremos. Esta información debe ser publicada lo antes posible para que todos los usuarios del mundo modifiquen sus firewalls dentro de sus propias computadoras o redes LAN, colocando una regla llamada* Ingoing *o entrante para que no permita el tráfico de acceso desde esa IP hacia las computadoras de los usuarios. Con esto, si se restablece MIRAR, no podrá ejercer su control, por lo menos desde esa IP.*

No se detallará nada más, debido a que todo está en el documento adjunto.

Está en ustedes hacer público este tema.

Por parte de ANNON, ya comenzamos el repudio *a esta ley. En estos momentos deberían estar enterándose del* efecto *de este* repudio. *Sus informantes del gobierno de seguro los contactarán para esto, si es que ya no lo han hecho.*

Este es nuestro mensaje hacia los gobiernos y demás organizaciones implicados:

DEJEN DE MIRAR. LA LIBERTAD, INDEPENDENCIA Y NEUTRALIDAD EN INTERNET ES UN DERECHO DE TODOS. NO NOS DETENDREMOS HASTA QUE LO HAGAN.

Saludos cordiales,
ANNON

Todos los periódicos ya están enterados de los ataques dirigidos hacia los sitios web privados gubernamentales, y junto con las noticias sobre este tema, los informativos introdujeron rápidos comentarios respecto de un proyecto ultrasecreto, de nombre MIRAR, el cual estaría controlando todo lo que se lleva a cabo en la red Internet.

Medios digitales, periódicos, informativos de TV, etcétera, están centrados solo en estos dos temas; todas las demás noticias pasan a ser totalmente irrelevantes.

El mundo se está enterando progresivamente del descubrimiento que ha hecho ANNON y de los recientes ataques informáticos de este grupo contra las redes privadas del Gobierno de la Nación, las cuales todavía continúan inoperantes; aunque pronto deberían estar funcionales, o eso es lo que esperan sus administradores.

El golpe informático, junto con hacer público el Proyecto MIRAR, debería tener un efecto de *toma de conciencia y cambio* en los dueños del proyecto. Y como si esto fuera poco, una revolución debería comenzar a gestarse en todo el mundo. Esto es justamente lo que esperan ver con ansias desde la red ANNON. Y están muy seguros de que lo verán.

Después de unas horas de que se hicieran públicos los ataques de ANNON y el mismísimo documento del Proyecto MIRAR, personas de todo el mundo comienzan a *despertarse* y a manifestarse por cualquier medio disponible, como redes sociales, microbloggings, blogs personales, periódicos de noticias mundiales, cadenas de emails, radios de todo el mundo, etcétera. Es el comienzo de una revolución global en contra del Proyecto MIRAR. Está naciendo un nuevo despertar global, una nueva conciencia mundial en lo que respecta a los derechos inalienables de libertad sobre la red de redes. No es aceptable para nadie que una organización secreta, como el Proyecto MIRAR, esté siguiendo los *pasos digitales* de cualquier persona en este planeta. Todas las páginas que son visitadas, todas las compras que se hacen, todos los comentarios realizados en las redes sociales, todas las casillas de email, todos los comentarios en las noticias que leemos, todos los accesos desde otros dispositivos, como celulares, *pads*, *netbooks*, etcétera, todo…, absolutamente todo estaba siendo controlado por este proyecto. La indignación, el repudio, el haber pasado de ser individuos *particulares* a ser individuos totalmente *generalizados*, el ser parte de un todo controlado… por todo lo anterior, todas las personas conectadas del mundo habían entrado, inconscientemente, a ser parte activa de un enorme sistema de control. Estaban dejando de ser personas libres y autocontroladas naturalmente para pasar a convertirse en un sistema más… al que poder controlar.

Cada minuto que pasa los sentimientos de engaño, de desilusión, de vulgaridad, de rabia, de pérdida de individualismo, de ataque a la privacidad, de ultraje, de simple robo a la propiedad privada… van en aumento, crecen con cada opinión que cualquier persona del mundo expresa en los diferentes medios disponibles. Esos sentimientos son imparables. Pero también cada una de estas almas indignadas en este mundo agradecen por los mismos medios públicos a una gran red de activistas que se hace llamar ANNON. Este grupo de cyberactivistas está comenzando a ser denominado *ANNON, el centinela digital*. Cada minuto que pasa, esta red, estos luchadores incansables…, estos centinelas son receptores de otros tipos de sentimientos, muy diferentes, contrapuestos y antagónicos, a los que son depositados en el Proyecto MIRAR; ANNON está siendo receptor de sentimientos tales como agradecimiento, respaldo, adhesión constante, el saber que alguien está defendiendo a la humanidad, que alguien vela por la privacidad, que alguien…, simplemente…, cuida, protege y vigila a favor de la libertad y privacidad en Internet.

ANNON ha desatado en las mismas personas alrededor del mundo una especie de conciencia global; al igual que la tecnología de la supercomputadora ATENEA, parece haberse formado una mente global, una mente universal, una mente… cuántica, entrelazada, superpuesta…, ya que dos formas de sentimiento, como de *rechazo* por un lado y de *aceptación* por el otro, se están haciendo sentir *al mismo tiempo* dentro de esta enorme *mente universal*; y exactamente igual que una partícula subatómica puede estar en dos o más lugares al mismo tiempo, *rechazo* y *aceptación* se encuentran ahora en un mismo lugar, en una misma... *mente universal. MIRAR* y *ANNON* están siendo partícipes de los procesos de sinapsis entre las neuronas de una misma *mente global.*

Se está organizando una revolución mundial.

Los gobiernos y organizaciones implicados comienzan a hacerse preguntas. Ellos deberán responderlas, a sí mismos primero, y al resto del mundo, después.

MIRAR deberá dejar de violar la privacidad de las personas y la libertad de expresión en Internet.

Capítulo 28

"Canal... *¿Erecto Tic En*? Yo digo, ¿no...? ¿En qué estabas pensando, querida Ana?, se dice para sus adentros Susana, al tiempo que coloca su *smartphone* en su estuche y lo deja sobre la mesa en la que está la *notebook* de Héctor.

—¿Qué te dijo nuestra aliada ultrasecreta del recontraespionaje...? ¿Qué es eso de *Erecto Tic En*...? ¿Dijiste *erecto*... o escuché mal...? Eso no es de damas de la *haute société*..., como ustedes, Susana... —prosigue diciendo Héctor con un tono alegre y a la vez cómico.

—No, para nada, Héctor... Y ya que seguimos todos aquí, les comento mi charla telefónica con Ana Teresa. Ella me indicó que debo ir a un lugar de esta ciudad, que todavía no sé, para que me sean entregados algunos documentos y otras cosas, que no me dijo, ya que voy a entrar a trabajar... Y, chicos, amigos míos, amárrense bien fuerte a sus sillones... Ana me ofreció trabajar en el proyecto que, según sus palabras, yo ya conozco... Si bien no me dijo explícitamente cuál era..., ¿cuál es, para ustedes, el único proyecto que conozco y que conocemos todos?

—¿MIRAR...? Susana..., ¿vas a entrar a trabajar a las instalaciones del Proyecto MIRAR...? —agrega María Rosa con un tono de duda y sorpresa a la vez.

—Aparentemente es así.

Todos los demás quedan boquiabiertos; sus caras se desencajan como si nuevamente otro fantasma imaginario se les hubiera aparecido de manera repentina. A la par, sus mentes están imaginando las inmensas posibilidades que tendría que un miembro de ANNON trabajara en las mismas entrañas del mal, en el vientre del demonio, en el corazón del verdugo..., en el lugar donde la libertad es coartada, y la privacidad, eliminada.

—Es una muy buena noticia, Susana, y creo que hablo por todos aquí. Nos alegra y también eso nos dice que nuestros esfuerzos están dando sus frutos. Ya lo estamos viendo en todos los medios de información y redes sociales a nuestro alcance. El Estado y sus empresas mundiales no podrán creer que su proyecto ultrasecreto se haya descubierto, que hayan sido atacadas sus webs privadas y que todos los medios de comunicación estén hablando de estas dos cosas... y, por supuesto, de nosotros, como iniciadores de esta casi *revolución digital* —agrega Eduardo, felicitando a Susana.

—Muchas gracias, chicos, pero debo resolver el enigma *Erecto Tic En*, en menos de... y ahora 45 minutos... para volver a ser una dama de la *alta sociedad*, así que quédate tranquilo, Héctor —prosigue comentando Susana—. Este acertijo me dará información para entrar a un programa de tu TV digital, Héctor, y allí veré, justo en el comienzo de un programa local que se transmite diariamente, un lugar de esta ciudad. Allí deberé ir dentro de la media hora siguiente, luego de lo que vea en el comienzo del programa. En ese lugar me darán los documentos y otras cosas, según Ana Teresa; pienso que serán documentos para poder ingresar a las instalaciones de MIRAR como un empleado más. Espero que sea así. Ahora, chicos, ayúdenme con el acertijo…, *please!* —finaliza Susana.

—Bueno, analicemos. *Erecto Tic En*, ¿es una frase en latín…? Busquemos en Internet, ahora que estoy conectado —dice Héctor comenzando el análisis.

Pues Héctor no halla absolutamente nada en Internet ni en diccionarios y traductores en línea, nada que se asemeje a la frase en análisis.

—Si estamos hablando de un canal de televisión, esa frase debería decirnos algo sobre el nombre o el número del canal…, ¿no es cierto? —comenta Eduardo.

—Es cierto —prosigue Susana—. ¿Qué más podría llegar a ser esa frase si no es latín o ningún otro lenguaje conocido…? Héctor no encontró nada acerca de que pertenezca a una lengua hablada.

—Y si no se parece a nada…, eh…, digamos…, formal, como un lenguaje, podríamos estar ante un nuevo juego de letras… Ya pasamos por esto hace unas horas, ¿no, equipo…? Un juego de letras, un ambigrama, un anagrama o algo por el estilo, pienso que es a lo que deberemos apuntar… y ¡ya! —continúa diciendo Héctor.

—Un nombre o un número de canal…, ¿qué creen ustedes que esconde ese acertijo…? Utilicen su pensamiento lógico, por favor…, y al máximo —pide Susana, como liderando nuevamente al equipo.

—Mis razonamientos deductivos válidos, basados en las tres leyes del silogismo implantadas en mi memoria ROM, me indican que esa bendita frase esconde un número de canal. Es lo más lógico, ya que un nombre de canal tiende a ambigüedades, confusiones e indeterminaciones que darían lugar a muchas más dudas, y para Ana seguramente lo importante es que aciertes el canal de una vez, sin errores. Pensar en un nombre es mucho más difícil que pensar en un número de canal, así que la opinión de Terminhéctor es que la frase *Erecto Tic En* nos está indicando un número, lisa y llanamente —expresa con una pizca de comicidad.

—Estoy de acuerdo, Héctor, y pensando rápido, esto podría llegar a ser un anagrama… Un ambigrama no es, desde ya, porque si leemos la frase *Erecto Tic En* de derecha a izquierda tampoco nos dice absolutamente nada, ¿no? Y un anagrama es para mí el candidato, ya que este método es una forma de recombinar o reordenar las letras de una frase de manera que sintácticamente muestre algo muy diferente a la frase original y semánticamente no signifique nada de nada... Entonces, estaríamos en presencia de un número de canal con sus letras entremezcladas, y hasta pienso que sus espacios no son necesarios —agrega Eduardo a la deducción de Héctor.

—María Rosa..., ¿qué piensas tú sobre este tema? —pregunta Susana.

—No tengo palabras... Lo han dicho todo entre Eduardo y Héctor..., así que... analicemos la frase con un solo objetivo: el de formar un número..., y creo que ese número debe tener entre dos y tres dígitos, nada más... Fíjense que es una frase larga, pero no tanto como para decir, por ejemplo: *mil setecientos*... No es lógico... La frase nos está escondiendo un número de dos o tres cifras... Incluso me inclino por un número de tres cifras, debido a la longitud de la frase original... Además, en nuestra TV digital no existen, por ahora, números de canal con cuatro cifras... Opino, también, que si tenemos dos posibilidades, o sea, el 50 por ciento de que sea un número de tres cifras, empecemos a analizar desde el punto de vista de tres cifras… ¿Qué les parece, amigos?

Todos están muy de acuerdo con María Rosa, y claramente todo esto resulta en un acuerdo entre los cuatro del equipo.

—Gracias, María… Y excelentes sus tres razonamientos, amigos… Ahora, tomemos que la frase nos esconde un número de tres cifras… Y nos quedan 25 minutos estimativamente, así que aceleremos un poco…, pero sin tensionarnos, por favor —lidera nuevamente Susana.

Héctor recuerda que en su *pendrive* tiene, además de una infinidad de programas utilitarios, uno que convierte una palabra o frase en un anagrama, y viceversa.

—Sí, Hectorcito, sí, sí, sí…, soy un capo de la memoria… Queridos amigos, aquí, en este *pendrive*, tengo la solución al *erecto* de nuestras queridísimas Susana y Ana… Tengo un software que ayuda a crear o resolver anagramas… Esperen que lo encuentre… y veremos, dijo Lemos —añade Héctor con su acostumbrado léxico y tonos alegres y cómicos.

—¡Eres un genio, Héctor! —articula Eduardo, muy contento.

"Lo sé", le contesta, pero solo a nivel del pensamiento, mientras hace una leve mueca de sonrisa y conecta nuevamente su dispositivo externo a su *notebook*.

Héctor deja buscando su programa denominado *AnagramMaker* por medio del buscador de su sistema operativo hasta que este se muestra en la ventana de resultados, junto a otros nombres similares. Enseguida, hace un doble clic y el software *AnagramMaker* se despliega en toda la pantalla, así como también en la pared, debido a que el proyector continúa encendido.

—*Okay*... Coloquemos en este único campo o caja de texto denominado *Palabra o frase* la que nos interesa, *Erecto Tic En*, y lo configuraré para que nos muestre cien resultados por ahora.

Luego de decir eso, se dispone a presionar uno de los dos botones que se muestran a la derecha de ese campo para introducir texto. El botón dice *Deshacer anagrama*. El otro botón es para generar un anagrama, el cual no se utilizará en estos momentos.

Inmediatamente después de que Héctor presiona el botón para deshacer el anagrama, el programa *AnagramMaker* les muestra a todos las siguientes cien posibilidades de combinaciones, partiendo de la frase semilla, *Erecto Tic En*:

Cecee Tintor	Coticen Eter	Coci Retente	Entrecot Cie	Trocee Cenit
Cecee Triton	Coticen Rete	Reticente Oc	Trecento Cie	Trocee Cinte
Cercene Toti	Coerci Tente	Necee Tricot	Contrete Cie	Terceto Cien
Cercene Tito	Coerci Teten	Ceroteen Tic	Cerne Tetico	Terceto Ceni
Cecine Trote	Recoci Tente	Encerote Tic	Recen Tetico	Terceto Cine
Concierte Te	Recoci Teten	Receten Tico	Creen Tetico	Trece Ciento
Concierte Et	Cicero Tente	Receten Coti	Trence Etico	Trece Etnico
Tecnecio Ter	Cicero Teten	Recete Cinto	Tenrec Etico	Coceen Ter Ti
Cociente Ter	Crocite Ente	Recete Tinco	Centre Etico	Cerceno Te Ti
Cercen Titeo	Cretico Ente	Recete Cotin	Trecen Etico	Cerceno Et Ti
Coerce Tinte	Cotice Entre	Tercien Cote	Retoce Cenit	Coercen Te Ti
Cocere Tinte	Cotice Terne	Entice Torce	Retoce Cinte	Coercen Et Ti
Reccion Tete	Cotice Reten	Entice Recto	Corete Cenit	Cercen Toe Ti
Ciceron Tete	Cotice Rente	Entice Cetro	Corete Cinte	Cercen Te Tio
Crociten Tee	Cotice Tener	Entice Terco	Receto Cenit	Cercen Et Tio
Centrico Tee	Circe Tontee	Entice Corte	Receto Cinte	Ceceo Tren Ti
Tecnico Eter	Cerco Titeen	Tercie Conte	Cerote Cenit	Cocee Tren Ti
Tecnico Rete	Cerco Tiente	Tercie Tecno	Cerote Cinte	Coerce Net Ti
Concite Eter	Cocer Titeen	Cene Tricote	Erecto Cenit	Coerce Ten Ti
Concite Rete	Cocer Tiente	Cene Tetrico	Erecto Cinte	Cocere Net Ti

Todos comienzan a analizar las cien posibilidades que les ha mostrado el software de Héctor con un solo objetivo primario: encontrar algo que les arroje un número de tres cifras, como primera opción. Analizan uno por uno los resultados hasta que hallan uno que es el único con un parecido sin igual a un número y, además, de tres cifras. Es una frase muy diferente a las demás, una frase entendible perfectamente por el cerebro humano…, una frase que indica un número. La frase que hallan dentro de la quinta columna, y sobre la que coinciden todos de manera unánime, es la siguiente:

TRECE CIENTO

—¡Bingo! —grita Héctor, muy eufórico y con una gran expectativa, a lo que le sigue otra gran exclamación—: ¡Ciento trece, Susana, ciento trece! Ese es el número del canal… ¡Sintonicémoslo ya!, que solo quedan diez minutos para que comience el programa.

Aunque no falta un sentimiento colectivo de equivocación, un miedo a que sea otro el número, todos están muy contentos y a la vez muy tranquilizados por el descubrimiento de que el canal *Erecto Tic En* es el número *ciento trece*. Es al menos el más probable. Solo falta que el programa sea emitido y muestre un lugar de la ciudad justo en el comienzo. A ese lugar debía acudir Susana, luego de haber encontrado el número, en un poco más de media hora.

Héctor ya ha sintonizado el canal ciento trece, el cual es un canal local de deportes. El programa que está por comenzar en menos de cinco minutos les indicará el lugar donde debe ir Susana. Eduardo ha preparado su celular en modo filmación para grabar el comienzo del programa. Con esto se asegura poder ver más de una vez el comienzo de la emisión televisiva local, previendo que en la primera mirada no reconozcan el lugar y la oportunidad se pierda.

—¡Ya es hora! Eduardo, comienza a grabar con tu celular, ya que está por comenzar el programa —dice María Rosa, mientras observa su reloj, y luego prosigue diciendo—: En menos de un minuto comienza, chicos... Vamos, ¡vamos! —finaliza, como asemejando una orden totalmente ineludible.

El programa de deportes comienza con su presentación y muestra, en sus primeros instantes, una foto, como tomada desde una altura de unos treinta metros aproximadamente, de una gran plaza, muy arbolada, rodeada con asientos de madera enclavados en bases de concreto, con anchas veredas que la rodean y la atraviesan, con innumerables columnas de iluminación sobre las cuales, en su parte superior, reposan dos globos muy iluminados desde sus interiores, y en el centro de esta plaza se levanta, imponente, una gran estatua respecto de la cual, en principio, no logran distinguir a qué o a quién homenajea. Pero Héctor, que es ciudadano de esa localidad, se da cuenta al instante de cuál es la plaza que están mostrando. Es la plaza principal y céntrica de la ciudad. Susana debe ir allí, y por las conclusiones lógicas del *grupo de los cuatro*, Susana deberá esperar en la esquina que se destaca claramente en la foto. La imagen está tomada desde una especie de perspectiva isométrica, al igual que algunos juegos de computadoras, los cuales se basan en mostrar sus lugares y personajes de ese mismo punto de vista. Esa vista o perspectiva isométrica es como encerrar un lugar —en este caso, la plaza— en un cubo y fotografiarlo o verlo desde cualquiera de las esquinas superiores de ese cubo.

De esa manera se ha mostrado el lugar en la televisión, por lo que Susana ya comienza a prepararse con el solo objetivo de dirigirse a la plaza del centro de la ciudad, y deberá hacerlo en menos de veinte minutos, en dirección a la esquina de la plaza que más se mostraba en la televisión.

Luego de cinco minutos, Susana se encuentra yendo en un taxi hacia la plaza del centro de la ciudad. La ansiedad le llega al límite de su tolerancia…, aunque la está reprimiendo de maravilla, gracias a su acostumbrada sabiduría.

Los tres integrantes del grupo que quedaron en la casa de Héctor rezan para que todo salga bien y para que no se haga realidad una leve sospecha que había tenido Susana respecto de que todo esto sea una trampa para ANNON.

La plaza aguarda…, y alguien más allí…, también.

Capítulo 29

Marcelo López, el supervisor del área de Operaciones dentro de las instalaciones del Proyecto MIRAR, y los demás integrantes del equipo, fueron espectadores del primer ataque informático en toda la historia del proyecto.

Al tener una web privada, aunque con salida hacia la red Internet, y donde el link www.rimar.gov —anagrama de MIRAR— no figuraría en ningún resultado de búsqueda ni referencia web alguna, estaban más que convencidos de que ese link, esa URL, no sería atacada nunca. Y por más que alguien encontrara, probando manualmente o con un programa, la página de inicio del Proyecto MIRAR, solo tendría tres cosas ante sus ojos: dos campos para usuario y contraseña, y un botón denominado *Log In*. Nada más aparecía en la página, por lo que alguien que pudiera acceder a tan minúscula página de inicio solo se dispondría a cambiar a otro sitio, ya que este no indica absolutamente nada concerniente al Proyecto MIRAR.

Asimismo, y aunque es un sitio que no se deja ver en ningún lado, dentro de la red Internet, también ostenta la más sofisticada parafernalia en cuanto a protección de los datos que la sustentan en la red, como su dirección IP —este dato no se puede averiguar desde Internet, salvo que alguien se lo informe a otro u otros, como en el caso de Ana Teresa a Susana—; su información de *Who Is?*, o como técnicamente se lo denomina, *Protocolo WHOIS*, el cual se basa en brindar datos de un sitio web, como por ejemplo, información sobre el propietario, su dirección IP, su nombre de dominio, su fecha de creación, su fecha de actualización, en qué servidor de nombres de dominio (DNS) está registrado, el estado actual del sitio web, los datos de la entidad registradora y algunos datos postales, entre otra información. Este protocolo WHOIS también estaba bloqueado hacia Internet. No era posible consultarlo desde la WWW. Era una web impenetrable, infranqueable, inaccesible…; simplemente, un fantasma en el cyberespacio. Si no eras miembro, esa página no existía.

Ellos se jactaban —y a modo de burda alusión a la cita de René Descartes, la cual expresa: "Pienso, luego existo"— de que la URL www.rimar.gov también era pasible de una cita similar. Todos habían creado una frase que ostentaba la seguridad de la que era acreedora dicha web. La frase, con similitudes a la de Descartes, y aplicada de un modo diferente sobre la web de MIRAR, invocaba lo siguiente: "Si www.rimar.gov no existe, nadie piensa en ella". Con esta frase, dejaban en claro que ninguna persona o programa de este mundo sería capaz de atacar la web del proyecto.

Pero ahora se encuentran ante un escenario imprevisto, impensado y totalmente imposible. La página web del Proyecto MIRAR está siendo atacada y se encuentra en una rápida caída libre.

Es más, ya ha golpeado contra el fondo y ha colapsado todos los procesadores —CPU— y discos rígidos de sus *firewalls*. Estos servidores denominados *firewalls*, o también *paredes de fuego*, son los que, en primer lugar, separan física y digitalmente a una red LAN —red local de una organización— de la red Internet. Estas paredes de fuego se encargan de proteger las redes internas dentro de cualquier organización. Funcionan aplicando una infinidad de reglas tanto al tráfico de entrada como al de salida, hacia y desde la red LAN. Convierten a dichas redes de área local en entes digitales invisibles e indetectables. Pues de tal protección y de forma doble, la red local del Proyecto MIRAR era poseedora.

Pero en estos momentos dichos *firewalls* han colapsado. La web www.rimar.gov ya no está accesible desde ninguna parte a los miembros del Proyecto MIRAR. Si antes era invisible, ahora, literalmente…, ha desaparecido, ya no existe. ANNON se ha hecho sentir y con toda su fuerza.

Los intentos de restaurar el servicio son inútiles, debido a que los ataques de Denegación de Servicio Distribuido (DDoS) perpetrados por ANNON y dirigidos hacia la web de MIRAR continúan sin parar. Los demás ataques a las otras webs gubernamentales están disminuyendo para pasar a enfocarse, con mucha más fuerza, en no dejar que www.rimar.gov sea puesta en línea nuevamente, con el simple objetivo de que no retorne a su disponibilidad habitual para los miembros.

Estos ataques de DDoS son por millones y mutan constantemente, por lo que no les es posible a los ingenieros del área de Operaciones identificar los orígenes, de modo de poder colocar una regla en el *firewall* principal de la red de MIRAR para que no acepte tráfico desde dichos orígenes. Además, como estos ataques primeramente mutan la información que traen en sus cabeceras, y en la medida que continúen como hasta ahora, la web de MIRAR no podrá volver a *abrir sus ojos* nunca.

ATENEA ya había detectado, antes que todos ellos, los ataques, pero solo se limitó a informarlos por sus sistemas de alerta. De todos modos, ahora ella también se ha sumado a los debates generados por todo el equipo del área de Operaciones en lo relativo a cómo volver a dejar disponible su *web fantasma*, www.rimar.gov. ATENEA, luego de analizar el ataque de DDoS por su lado, les deja en claro, en pocas palabras, lo siguiente:

—Estimados, ¿recuerdan la frase: "Como no sabían que era imposible, lo hicieron"…? Pues debo decirles que aquí… no aplica.

Capítulo 30

Todas las demás páginas web gubernamentales continúan no disponibles. Si bien están disminuyendo los ataques hacia estas para centrarse solo en www.rimar.gov, algunos todavía siguen, pero cada vez en menor medida. ANNON solo quería golpear de una vez todas esas páginas gubernamentales, con el único objetivo de generar conciencia en el gobierno y empresas asociadas. No estaba la intención —ni nunca estará en la red ANNON— de paralizar un país entero…, y por qué no pensar en el mundo entero. Hay millones de personas inocentes en el medio.

De todos modos, los administradores de dichos sitios ya están logrando levantar sus servicios, pero el proceso es un poco lento. Los ataques a estas páginas continúan disminuyendo.

Los medios de información y sociales de todo tipo siguen bombardeando a las mentes del mundo entero con toda clase de información, desde un progresivo restablecimiento de las webs privadas del Gobierno de la Nación hasta un endurecimiento en los ataques a una única web: la del Proyecto MIRAR. Esto último es informado a los medios por los miembros de ANNON a cada momento.

Pero el ataque a la web de MIRAR será cada vez más fuerte, agresivo y constante, con el solo objetivo de *apagar* este ente controlador y mantenerlo fuera de línea el mayor tiempo posible.

La dirección IP que subyace bajo www.rimar.gov es la misma que utiliza ATENEA para controlar el mundo digital.

Capítulo 31

La plaza, localizada en el centro de la ciudad, comienza a materializarse ante los ojos de Susana, a la vez que su taxi se acerca a la parada.

El corazón de Susana se acelera cada vez más; su ansiedad continúa a nivel *full*. El taxi estaciona, Susana le paga al chofer y sale del automóvil rápidamente, como intentando obtener más oxígeno para su ya desgastado cerebro. Comienza su caminata un tanto acelerada, recorriendo con la mente la imagen que ha visto en el canal *ciento trece* y comparándola con cada esquina de la plaza. "Esta es", dice para sus adentros, ya que la imagen mental coincide perfectamente con la imagen real. Es la que tiene justo frente a sus ojos.

Ya es un poco tarde; se ha levantado un viento bastante fuerte y persistente; las copas de los árboles se mecen en dirección contraria al *soplo de la naturaleza*; las hojas del piso remontan continuamente, entremezclándose con los papeles de diferente tipo que arrojan algunos transeúntes desconocedores de los cestos de basura. Se ven polleras mecerse de un lado a otro; largos abrigos abiertos se suspenden hacia atrás, como si fueran las capas de algún superhéroe del cine; algunas luces se esconden de tanto en tanto detrás de los movedizos árboles; los automóviles circulan persistentemente por los cuatro lados de la plaza; la gente camina de ida y vuelta, entrecruzándose en la plaza, como deleitándose por sentir un minuto de naturaleza para después adentrarse otra vez en la jungla de cemento… Y Susana ya se encuentra en su lugar. Observa para todos lados con una tranquilidad un tanto falsa; recorre las caras de todas las mujeres que se le acercan; y aprovechando que de una manera automática se le ha formado una imagen mental de Ana Teresa, producto de las dos charlas telefónicas mantenidas durante el día, se vale de ello para prestar más atención a las mujeres que muestran alguna similitud con su imagen mental.

El viento sigue sin miras de detenerse; el cielo muestra las estrellas en todo su esplendor; los motores de los automóviles no paran de rugir, y aún con mucha más intensidad en la misma esquina donde ella se encuentra. Es una de las esquinas con semáforo de la plaza y una de las más concurridas, ya que se conecta con el centro neurálgico de la ciudad. De pronto, y debido al viento, un papel que viene en vuelo se le adhiere a su abdomen; ella inmediatamente baja su cabeza y divisa el papel, sostenido contra su cuerpo solamente por la acción del viento, lo toma con su mano derecha y lo observa detenidamente para luego constatar que es una especie de bono publicitario, y a posteriori, como haciendo caso omiso de la publicidad, procede a girar el papel horizontalmente hacia su derecha, y lo que ve allí la deja abruptamente paralizada. Sus nervios ya no son el centro de atención de su cerebro y su ansiedad tampoco… Lo que ha leído le resulta muy familiar y, a la vez, desconcertante.

Del otro lado del papel publicitario figura impresa con letras negras, y a modo de un nuevo acertijo, la siguiente leyenda:

MASON UN YO

—¡No lo puedo creer…! ¡¿Otro acertijo?! ¡No! ¡Ah!, ¡¿podrá ser algún código secreto de una logia?!…, lo cual a mí no me toca descifrar en estos momentos… Pero… ¿Mason Un Yo…? Y si lo leo de derecha a izquierda puedo formar… ¿Yo Un Mason…? ¡Esto no tiene sentido!, aunque… No…, no, la verdad es que esto no me dice nada —se dice a sí misma en voz alta y totalmente abstraída de que se encuentra en un lugar muy concurrido—. No… Pisa el freno, Susana… Piensa lógicamente… Vamos, piensa, piensa… Un papel que viene volando, empujado por el viento, y que de pronto se pega a mi cuerpo, solo responde a una y solo una cosa: a la teoría del caos… ¿Qué probabilidad tiene un papel de que, al ser empujado por un caótico viento, impacte y quede aferrado a mi cuerpo…? ¿Y, además, que este papel traiga un nuevo acertijo de parte de Ana Teresa…? ¡No, no y no…!

Tranquilízate, Susana; esto es solo una coincidencia…, una entre millones; aunque… esa frase me parece familiar… Pero, pero… no creo que esté dirigida a mí —continúa diciendo, mientras nuevamente mira el papel, pero ahora más tranquila y con una voz casi rozando el pensamiento.

De todos modos, y como mujer precavida que es, procede a guardar el papel plastificado con esa intrigante frase dentro del profundo bolsillo derecho de su abrigo, al que no le tiene demasiado cariño, debido a que no es muy acorde a su gusto. Es un abrigo de color verde oscuro, con finas líneas verticales rojas y unas incipientes hombreras.

Después de guardar el papel en el bolsillo, y con su vista perdida dentro de su propia mente, como únicamente *viendo*, pero no *mirando*, permanece unos instantes con un aire de incertidumbre y desazón.

Ese papel plastificado es muy inoportuno en estos momentos.

La frase lo es aún… mucho más.

Capítulo 32

El jefe del área de Operaciones del Proyecto MIRAR, Carlos Di Stéfano, se está reuniendo en estos momentos con el director general del proyecto, Juan Pedro Apóstol. Los pasos a seguir son... que no hay pasos a seguir. Saben exactamente que un ataque de Denegación de Servicio Distribuido y extendido en el tiempo es como estar en el *horizonte de eventos* de un agujero negro y a punto de ser devorado hacia una aplastante *singularidad*.

Incluso, intuyen que se produzca, con ATENEA a la cabeza, lo que se denomina una *singularidad tecnológica*, la cual define que sucederá algo en un punto indeterminado en el tiempo, donde la tecnología *tomará las riendas* de este mundo y procederá a decidir por sí misma, total o parcialmente, el destino de la humanidad, y se volverá en contra de su creador.

ATENEA, con sus varias referencias hacia sí misma con un *yo*, está siendo objeto de otros estudios más exhaustivos. De todos modos, todos continúan resultando en un comportamiento operativo totalmente normal.

El director general presiente que la supercomputadora ATENEA se trae algo entre manos. Ese comportamiento cada vez más *humanizado* de ATENEA le está poniendo los pelos de punta.

Los ataques se suceden y multiplican, por lo que están muy conscientes de que la red Internet no está siendo controlada por ATENEA.

Mientras continúan debatiendo y analizando varias posibilidades, alternativas y pasos a seguir, se muestran en una pantalla plana las noticias del día actualizadas constantemente. Todas, absolutamente todas, se refieren al ataque informático del siglo al Proyecto MIRAR, y también, y a medida que pasa el tiempo, la existencia de la supercomputadora cuántica denominada ATENEA pasa a ser el tema central de los periodistas de todo el mundo.

ATENEA ya es conocida en todo el globo y varios expertos en computación del mundo son invitados constantemente a explicar las capacidades que tendría y qué nivel de incidencia podría haber logrado sobre Internet y sobre las personas o usuarios finales.

Cada medio televisivo, radial o impreso se jacta de poseer la mejor explicación de todo lo que está ocurriendo: de MIRAR, de ATENEA, de ANNON y del mayor ataque digital en la historia de Internet.

En las calles de todo el mundo, la gente comienza a expresar públicamente su repudio a lo hallado por la red ANNON.

La revolución es inevitable.

Y es histórico: toda y cada una de las revoluciones ocurridas en nuestro planeta, desde que tenemos uso de razón, siempre fueron las precursoras, muchas veces a cambio de tristezas y sufrimientos colectivos magnánimos, de un verdadero cambio en las sociedades subsiguientes. Las revoluciones generan un cambio rotundo del estado mental colectivo, un cambio monumental en el razonamiento de las masas, un cambio que responde a la mayoría de las reclamaciones, a las constantes súplicas y a las abiertas peticiones de los grupos masivos de los individuos de este planeta. Las revoluciones se gestan en respuesta al acumulado hartazgo de la sociedad respecto de ciertas decisiones tomadas desde una óptica lógica y humanamente incorrecta de parte de unos pocos, pero que afectan a muchos. Las revoluciones hacen que esos *pocos* sean juzgados o se vayan, y que esos *muchos* obtengan un cambio para bien en sus vidas colectivas.

Las decisiones de los poderosos y dueños del Proyecto MIRAR son cada vez más requeridas.

Capítulo 33

Un golpe le sobreviene inesperadamente desde la parte trasera derecha de su cuerpo. Susana siente cómo su brazo derecho, el cual está en posición de manija de jarro, es despegado súbitamente de su cintura.

—¡Uy...! Pe... perdón, señorita...; no la vi —le dice un hombre que caminaba distraído, en dirección sur.

—No se preocupe... —le responde con una voz un tanto alta, a lo que le prosigue un solo pensamiento: "Ya me estoy acostumbrando a los golpes".

Enseguida, una mujer, de cincuenta y pico de años, muy bien vestida con un traje de tono azul, se le acerca y le dice:

—Señorita, ¿puedo ayudarla en algo...? La he visto parada aquí hace minutos y me pareció verla un tanto nerviosa... ¿Necesita algo? —finaliza preguntándole la mujer policía a Susana.

—No, oficial..., muchas gracias, es que... estoy esperando a alguien y no se ha presentado aún —le responde, muy sorprendida al tener a la ley frente a sus narices.

—*Okay*, señorita... Andaré por aquí. Si necesita algo, solo ubíqueme en aquel patrullero, ¿sí? —continúa diciendo la mujer policía.

—Sí, sí... Gracias de nuevo, oficial —contesta, como fingiendo una tranquilidad inexistente.

Las personas del lugar continúan yendo y viniendo, desde y hacia todos lados, por sobre la hermosa plaza del centro de la ciudad. Susana observa, con su ansiedad nuevamente en primera fila, cómo los transeúntes caminan y caminan, algunos de prisa, otros sin pausa, varios corriendo, pero muchos como si estuvieran disfrutando de un poco de naturaleza, como paseando dentro de un oasis en medio de un desierto de hierro y concreto. También divisa dos vendedores de perros calientes, un vendedor de globos de cumpleaños, otro que está vendiendo muñecos que al presionarlos hacen un zumbido muy conocido por los niños y una mujer que entrega papeles a todo aquel que se le cruza por delante.

"Qué lugar tan vivo y en movimiento…, y yo aquí, tan quieta y tensionada… Ya me pondré a hacer un ejercicio respiratorio", piensa Susana, mientras observa con sus grandes ojos azules hacia todos lados, como esperando que alguien le traiga, y de una vez por todas, lo que Ana Teresa le ha prometido.

Pero en ese instante reflexivo, Susana observa que la mujer que constantemente entrega ciertos papeles a la gente y que deambula por el lugar comienza a caminar lentamente en dirección hacia su ubicación.

Susana ve que cada vez más esta mujer, de entre unos treinta y cinco y cuarenta y cinco años, muy bien arreglada y con muy buena presencia, se le acerca. Con cada paso que esta mujer da hacia donde Susana está esperando, ofrece sus papeles a medio mundo y genera en la ingeniera de ANNON un gradual aumento en su ansiedad.

La mujer se le acerca cada vez más, mientras Susana piensa: "Esta mujer se acerca observándome de tanto en tanto, pero solo trae un fajo de panfletos o publicidades…, nada más… No creo que sea Ana Teresa… Si me va a hacer entrar a trabajar en MIRAR, debería traer algún bolso, estuche o carpeta… De todos modos, es muy extraña la forma en que me mira… ¿Será una mirada que quiere decir: 'Espérame, no te vayas'…? Y continúa acercándose más… Esta debe ser Ana Teresa. Mi imagen mental sobre su fisonomía no me traicionó… Bueno, no demasiado…, si es este el contacto".

La extraña mujer ya se encuentra a menos de dos metros de Susana, donde entrega el anteúltimo folleto, y en el instante en que se coloca frente a Susana extrae del fajo que porta en su mano izquierda un papel más: otro folleto, y con un ademán como sacándolo de una galera, se lo da a Susana. Ella lo observa y se da cuenta de que es el mismo folleto publicitario, el mismísimo papel que el viento le había sostenido contra su estómago un momento después de arribar a la plaza y que posteriormente guardara en el bolsillo derecho de su abrigo.

Susana levanta su mano derecha y toma el folleto por el otro extremo, de modo de ejercer una pequeña fuerza y atraer el papel hacia su cuerpo, con la intención de observarlo detenidamente. Pero esa fuerza de atracción que ejerce Susana sobre el panfleto es retenida por la misma fuerza, pero en sentido contrario. La misteriosa mujer le está reteniendo la entrega del folleto, pero inmediatamente después suelta el papel y le dice:

—Susana, debe estar en menos de cinco minutos en esta dirección. Es la calle detrás de usted, dos cuadras hacia el sur.

Al terminar de decir esas palabras, la desconocida mujer continúa caminando por el costado de Susana y termina desapareciendo, confundiéndose entre la muchedumbre.

—No, espere… ¿Ana Teresa?, le tengo preguntas… *Okay*, está bien… El misterio continúa y ya debo dirigirme hacia el sur —exclama hacia la extraña mujer, mientras esta desaparece entre la gente sin mirar hacia atrás, a la par que Susana baja el tono de sus últimas palabras y a la vez recuerda que ya debería estar dirigiéndose dos cuadras hacia el sur por la calle que está detrás de ella.

De inmediato, Susana comienza a caminar rápidamente en dirección sur, mientras echa cortas miradas hacia el panfleto, con el objeto de corroborar el nombre de la calle por la cual se halla caminando. Pero hay algo más: su destino es una esquina, ya que en el folleto se detalla otro nombre más…, otra calle. Esa esquina o intersección de dos calles está a menos de dos cuadras y Susana se dirige hacia allí con paso firme y constante… Debe llegar en menos de tres minutos.

Paso tras paso, y a la par que se le dibuja una sonrisa en su cara, se pone a pensar en los dos nombres de las calles correspondientes a la esquina o intersección de su destino. Las dos calles poseen unos nombres que, tanto en conjunto como separadamente, significan mucho para Susana y para todos los de ANNON. Estos nombres representan perfectamente sus ideales de una manera muy elocuente y significativa.

La dirección que figura en la publicidad que Susana lleva en su mano firmemente sujetada indica una esquina o intersección justo al sur de donde está en estos momentos. Y con una semántica muy retórica, la dirección está definida por medio de las siguientes palabras:

...ENTRE CALLE LIBERTAD Y AVENIDA INDEPENDENCIA

"Muy oportuno, muy oportuno... Es obvio que Ana está hasta en los más mínimos detalles", dice Susana para sus adentros.

Después de un poco más de dos minutos, Susana se encuentra en una nueva esquina, un tanto agitada y con su ansiedad todavía al máximo. Ha llegado a tiempo. Nuevamente, se halla en estado de alerta y de espera, en respuesta a su única instrucción: dirigirse a la intersección en menos de tres minutos. Pues lo acaba de lograr.

Se recuesta contra la ochava, justo al costado de la puerta de entrada al restaurante que está en esa misma esquina. Y queda apoyada sobre la angosta pared a la derecha de la abertura, y solo se dispone a esperar.

Unos segundos después, de golpe y sin pensarlo, un sobre de papel madera, un tanto grotesco, como con bastante contenido, cae súbitamente a sus pies, al momento que una voz masculina le expresa varias palabras por medio de un tono enfurecido y a la vez con lloriqueos intercalados, dirigiéndose a Susana:

—¡Ahí tienes…! Tus últimas pertenencias… ¿Estás feliz ahora, Martina?

—¿Cómo…? ¿Qué dice, señor…? ¿Qué son estos…?

—¡Ah…! *Okay, okay*… ¿Y ahora me llamas *señor*…? ¡Hasta hace un mes me llamabas al menos por mi nombre, Martina!, ¿recuerdas…? ¡¿Lo recuerdas?!

—Pero, señor…, se está confund…

—¡Te dije que no me llames señor…! Toma, llévate tus miserables pertenencias… Si quieres, fíjate adentro, está todo… No quiero tener nada más…, ¡ninguna cosa más que me haga recordarte, Sus…!, eh, ¡Martina!

Susana, aunque le parece haber visto la cara del hombre en algún lado, y se encuentra dudando entre llamar a la policía o salir corriendo, al oír las tres últimas palabras de esa persona lo comprende todo y su duda se disuelve en su mente. Es un teatro para que todo siga de la manera más secreta y desapercibida posible. El hombre que tiene ante sus ojos, y que le *devolvía* unas supuestas pertenencias, estaba lisa y llanamente ejecutando una excelente actuación, la cual era una metodología perfecta. Y sin que nadie sospeche nada, este ya le ha entregado lo que Ana Teresa le tenía prometido. Enseguida, y luego de darse cuenta, Susana también comienza a actuar.

—*Okay*, Roberto, acepto que no he sido muy buena compañera contigo... y creo que..., creo que es demasiado tarde ya para pedir perdón... El daño ya está hecho y tenemos que solucionarlo, y lo antes posible —le responde al hombre de una manera acongojada al principio e irónica al final, al tiempo que levanta el sobre que está a sus pies. Y en el mismo momento que Susana se incorpora con el sobre en la mano, y levanta su mirada hacia el supuesto Roberto, continúa expresando lo siguiente—: Roberto, no te imaginas por lo que he pasado, y... aunque no me imagino lo que habrás sufrido tú..., te doy mis más sinceras *gracias* por *devolverme estas pertenencias*.

El supuesto Roberto, con su cara todavía expresando los mismos sentimientos que al principio, emprende su alejamiento en dirección contraria a Susana, no sin antes darle una mirada de reojo y luego una casi imperceptible sonrisa, como sellando y finalizando el trabajo de entrega.

La ingeniera, luego de colocar el sobre contra su pecho y sostenerlo contra sus brazos entrecruzados, queda un tanto sorprendida por lo que ha hecho, pero muy alegre por haber recibido el *paquete*. De todos modos, siente una pequeña angustia por no haber entablado conversación alguna con Ana Teresa. "En el futuro, tendré la posibilidad", se dice para sus adentros, mientras se dirige otra vez hacia la plaza, pero ahora con un nuevo objetivo, un objetivo mucho menos estresante que el anterior: encontrar otro taxi que la devuelva a la casa de Héctor.

Y aunque su ansiedad ha disminuido, comienza a retornar y a elevarse nuevamente en respuesta a lo que Susana se halla imaginando: "¿Qué habrá en el sobre? Y... ¿qué trabajo me esperará en MIRAR?".

Luego de que le indica al taxista la dirección de destino, se recuesta en el asiento trasero del taxi con la idea de relajarse y esperar a que su viaje termine, sin más sorpresas, en lo de Héctor.

Pues así será.

Capítulo 34

Internet y sus usuarios, en estos momentos, están libres del control de ATENEA. El ataque de ANNON ha sido efectivo y muy certero. El Proyecto MIRAR no está ejerciendo sus incumbencias digitales, y por más esfuerzo que hacen los administradores e ingenieros del área de Operaciones en el subsuelo -10, el ataque mutante de Denegación de Servicio Distribuido no deja que levanten cabeza. Todo intento de restablecer el *servicio* o trabajo que ATENEA venía realizando sobre Internet es en vano. El ataque de DDoS es constante y creciente. A cada momento que pasa se registran más y más conexiones entrantes y abandonadas en modo de sesiones abiertas. Millones de misiles de denegación de servicio continúan llegando a cada segundo.

Los demás sitios gubernamentales antes atacados comienzan a estar operativos, pero cuando ANNON detecta esa disponibilidad, nuevamente se hace sentir con una nueva ráfaga de ataques de Denegación de Servicio Distribuido. De todos modos, el objetivo principal es el proyecto que está controlando la red Internet. Según el plan de ANNON, ese objetivo por ahora es permanente.

ANNON cederá si los dueños del proyecto también ceden y cambian sus incumbencias.

Los dueños del proyecto continúan reunidos en un lugar secreto. Barajan una infinidad de alternativas para detener los ataques y que MIRAR retome nuevamente sus actividades normales.

Ya están comenzando, de parte del gobierno y sus entidades de seguridad, de investigación y de policía, una gran operación para detectar la mayor cantidad de orígenes de los ataques. El principal *talón de Aquiles* de estos ataques constantes y persistentes es que sus orígenes permanecen expuestos a ser detectados por las organizaciones del gobierno. Aunque los múltiples orígenes con direcciones IP mutantes sean casi indetectables, los paquetes de transferencia de datos que se deslizan por la red Internet, los cuales se basan en el protocolo estándar TCP/IP (Protocolo de Control de Transmisión/Protocolo de Internet), algunos ya reconocen que posee algunas vulnerabilidades propias de su diseño. Este protocolo TCP/IP es análogo a un río por sobre el cual surcan o navegan las embarcaciones. El río equivale al protocolo y las embarcaciones a los paquetes de datos. Pero este río digital tiene una grave vulnerabilidad en su estructura y es que posee una pequeña puerta trasera, por donde es posible la obtención y explotación por parte de las entidades de investigación del gobierno de la verdadera información de origen, transmitida por medio de cada paquete de datos desde un atacante.

La puerta trasera del protocolo TCP/IP se basa en la utilización del campo denominado *Reservado*, donde en sus especificaciones se refiere a que es *reservado para usos futuros*. Pues esos usos futuros son los usos que les dan las organizaciones de investigación del gobierno. A través de este campo *Reservado* es posible saber, solo para algunos, el origen de la transmisión; solo les basta saber el origen. Cuando es necesario diezmar a un atacante digital, el campo *Reservado* es el que porta una huella digital respecto de su localización geográfica.

La cabecera del protocolo TCP/IP se basa en las siguientes secciones:

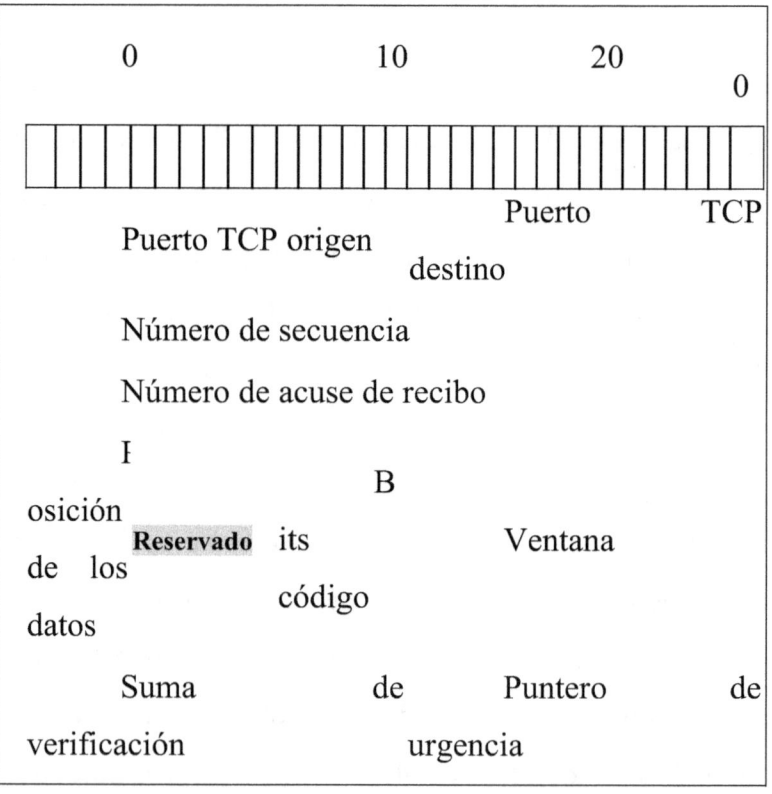

Opciones		Relle
	no	
Datos		
...		

Aunque originalmente este campo *Reservado* fue pensado por sus creadores para usos futuros y con una inicialización de su contenido solamente con 6 bits, y todos inicializados en cero, para desgracia de ANNON y de todos los usuarios de la red de redes en el mundo, las entidades controladoras utilizan este campo para obtener coordenadas geográficas respecto del origen de las transmisiones. La mutación de la cabecera del protocolo TCP se lleva a cabo de tal manera que el destino no pueda conocer la ubicación del origen de la transmisión, pero su debilidad es que esta mutación no afecta al campo *Reservado*, ya que este es modificado un instante antes de que salga desde la placa de red hacia Internet.

Tanto la red ANNON como el resto del mundo no pueden escapar del talón de Aquiles secreto dentro de la cabecera del protocolo TCP.

Esa preciada información dentro del campo *Reservado* de la cabecera TCP comúnmente es colocada por el sistema operativo —software o programa principal que controla una PC— que esté corriendo sobre una computadora cualquiera, y más aún, puede ser modificada por diferentes amenazas, como por ejemplo, los llamados *softwares maliciosos de control remoto*; pero también a nivel del propio hardware subyacente.

Un chip, muy secreto, diseñado para tal fin, y que portan todas las computadoras, es el encargado de este trabajo sucio: extrae los datos de geolocalización desde el propio sistema operativo de la máquina y los coloca en el campo *Reservado* de cada paquete TCP. La modificación es llevada a cabo de una manera extraordinaria por medio de este chip, efectuándose únicamente en el momento posterior a la transmisión y anterior a la recepción, desde y hasta el sistema operativo de la computadora, y exactamente antes de que sea emitida por medio del cable de red o por el WiFi —acceso de red inalámbrica—. Cuando los paquetes TCP son enviados o recibidos por el sistema operativo de la computadora, un momento después de que este programa principal realice la transmisión y un momento antes de que la reciba, el campo

TCP denominado *Reservado* es cargado con los datos de ubicación geográfica por medio del chip secreto. En resumen, este chip se encarga de *vaciar* el campo *Reservado* antes de pasárselo al sistema operativo —en una recepción de datos— y *llenar* este campo al recibirlo desde el sistema operativo —para un envío de datos—. El campo *Reservado* de los paquetes TCP solo contiene valores de localización del transmisor en el momento en que los paquetes ya se encuentran fuera de las computadoras, o sea, circulando entre los diferentes nodos de la gran telaraña mundial.

Pero en las entradas de algunas redes o sitios web, como por ejemplo, en los sitios recién atacados por ANNON, y justo un nivel antes de llegar a sus *firewalls*, poseen un dispositivo por donde pasa todo el tráfico de red de entrada y que se encarga de detectar el origen verdadero de los paquetes TCP con solo leer el campo *Reservado*, sin importar que estos paquetes hayan mutado en sus cabeceras.

Un verdadero y magistral trabajo sucio.

Nadie en este mundo conoce su efectiva existencia.

Solamente unos pocos.

El *centinela digital* está en peligro de perder... su invisibilidad.

Capítulo 35

—¡Hola de nuevo, chicos...! ¿Me extrañaron? —pregunta Susana, mientras cierra por dentro la puerta de la casa de Héctor. Ella había llevado una copia de la llave prestada por el dueño de casa y anfitrión de la reunión.

—¡Por fin llegaste, Su...! Bienvenida de nuevo... ¿Y conseguiste lo que te prometió Ana Teresa? —exclama Héctor con una gran sonrisa, mientras mira hacia atrás desde el sillón en que está sentado; y al momento de verla ingresar en dirección al living con el paquete, agrega—: Por tu sonrisa y ese paquete, es claro que lo conseguiste, Su.

—Sí, Héctor... ¡Amigos! ¡Lo conseguí! Me lo entregaron de una forma que jamás se me hubiese pasado por la cabeza... Les cuento... —responde Susana, al instante de sentarse nuevamente en su lugar y dejar el paquete en la mesa donde está la *notebook* de Héctor.

Susana les comenta a sus compañeros, con lujo de detalles, todo lo que vivió en el centro de la ciudad hasta el inolvidable y muy emotivo momento en que le fue entregado el sobre. Todos quedan boquiabiertos y sorprendidos por la perfección de la entrega. Ha sido una excelente operación encubierta. No se supone que haya levantado sospechas de nadie. No es posible que la siguieran, ya que todo partió de una comunicación segura con Ana Teresa, luego, con una charla entre las dos mujeres, muy implícita y sin dar detalles, pasando por desentrañar un nuevo acertijo, que en este caso era el anagrama *Erecto Tic En* para poder sintonizar un canal de TV y ver el comienzo de un programa, y a lo último de esta especie de aventura, dirigiéndose a la plaza del centro de la ciudad para vivir allí otras hazañas, de manera de conseguir lo que ya está frente a todos: el *pase* de Susana a las entrañas del Proyecto MIRAR.

—Bueno…, ahora veamos lo que tenemos dentro del sobre…, el cual recibí de mi… ¡exnovio, Roberto…! —retoma diciendo, y a lo que todos agregaron carcajadas, debido a lo que Susana les ha comentado con excelente precisión: el encuentro con su supuesto *amor imposible*.

—Ábrelo lentamente, Susana… No vaya a ser que nos llevemos otra sorpresa como a las que ya nos tiene acostumbrados Ana Teresa —dice Eduardo con aire de desconfianza.

—Y cuando lo abras, Su…, apunta hacia la pared, por favor… No vaya a ser también que salga Ana Teresa enganchada en un resorte y nos dé un gran susto —agrega Héctor con su acostumbrada comicidad.

Mientras todos ríen, Susana abre lentamente el abultado sobre de papel madera, dando gracias al cielo de que el *utensilio* abrecartas de Héctor tiene buen filo, de modo que realiza la apertura del sobre de tal manera que se asemeja a una cirujana al momento de utilizar su bisturí.

Nada sale despedido del paquete, y al abrirlo un poco más, tanto Susana como posteriormente los demás ven cómo asoman diferentes tipos de documentos, algunas bolsas planas de plástico y dos pequeñas cajas metálicas, como si fueran cajas para anillos, las cuales por ahora son un misterio absoluto. Solo en uno de sus lados se puede leer una inscripción, la cual genera mucha intriga entre los miembros del equipo. En uno de los lados de cada caja se hace ver la siguiente frase:

BIO CHIP CORP.

—¡Ups…! Susana, querida, ¿en qué te has metido…? Y puedo apostar que en esas cajas no hay anillos de bodas…, ¿no? —vocifera María Rosa con aire de preocupación.

—Aunque sería un muy buen detalle de algún galán misterioso…, no, no lo creo, María…, no es lógico.

—Tienes razón, Su.

—Chicas, chicas, paren, por favor, de soñar con el casamiento y lean ese sobre que está encima de todo y que dice: "Susana" —agrega Héctor.

Susana enseguida toma el sobre con su mano derecha y el elemento abrecartas con su mano izquierda. Después de que sus manos se elevan, ambas convergen, casi a la perfección, en un mismo punto frente a su cara, en donde una mano sostiene el sobre y la otra desliza el *bisturí* entre la solapa y el cuerpo del sobre, hasta que el mencionado sobre se muestra totalmente abierto. Solo contiene un papel y de un tamaño un poco menor al de su *contenedor*. Cuando lo extrae, y todos lo pueden examinar por ambos lados, este no contiene escrito absolutamente nada relevante o explícito; solamente se despliega, dentro de una de sus caras, en su esquina superior derecha, el siguiente y muy intrigante texto:

SOLO CON EL SOPLO DE ATÓN PODRÁN ESCUCHAR MI VOZ.

—¡Ay, Ana Teresa! Cuando esto termine, voy a inventar el acertijo más difícil que una mente humana pueda crear y te aseguro que si lo descubres te daré un mes de mi sueldo —exclama Susana, sobresaltada por el aparente nuevo acertijo.

Todos vociferan diferentes expresiones y sendas palabras de cansancio y de descontento, pero a la vez comprenden lo secreto de la operación. Susana debe ingresar a trabajar al Proyecto MIRAR sin despertar la menor duda.

—No tenemos otra opción, chicos… Y de ahora en más, vayan reuniendo nuevamente sus pensamientos lógicos y laterales, ya que este papel que tenemos frente a nosotros contiene una llave para abrir o más bien descubrir el mensaje original. Es lógico que si alguien lo encontraba antes de que me lo entregasen todo este paquete no debía parecer para nada explícito y revelador. Solo esa frase llave nos revelará algo más…, así que analicémosla, por favor —retoma liderando Susana.

—*Okay*, empecemos como antes… a extraer lo irrelevante de la frase, lo que no significa nada para nosotros, como los artículos, preposiciones y demás palabras que consideremos muy corrientes o no tan relevantes para nuestro análisis —continúa diciendo Eduardo.

María Rosa agrega:

—Si extraemos lo que dices, la frase quedará como se las escribo en la *notebook*, y véanla en la proyección de la pared, por favor:

SOLO SOPLO ATÓN PODRÁN ESCUCHAR MI VOZ.

—Pienso que las palabras *solo*, *podrán* y *mi* no son muy importantes en cuanto a lo que ahora nos toca... Entonces, probemos utilizar las demás palabras para averiguar qué nos quiere decir esta frase llave —agrega enseguida Héctor, a lo que continúa diciendo—: La frase queda entonces de esta manera:

SOPLO ATÓN ESCUCHAR VOZ.

—Analicemos lo que nos quedó, chicos —manifiesta Susana, con un previo suspiro de cansancio—. María, ¿qué opinión te deja esta frase?

—Mi parecer, Su, según entiendo..., y como todos deben saber, es que Atón fue una deidad del antiguo Egipto, que se correspondía con un culto monoteísta, resultante de una gran reforma de las creencias..., o mejor dicho, de la *fe* en aquella época, a manos del faraón Akenatón. A esta deidad o divinidad, denominada Atón, se la representaba por medio del disco solar...; este simbolizaba, sin lugar a dudas, a nuestro Sol..., y se lo consideraba el único dador de vida, justicia y orden en la Tierra... Por lo tanto, si analizo la palabra Atón en el texto, desde mi punto de vista, lo relaciono únicamente con la luz o el calor, debido a que lo divino…, hoy por lo menos, no nos incumbe. Y las demás palabras todavía no me las imagino, Su.

—*Okay*, María. Gracias… Excelente tu análisis. Y tú, Héctor…, ¿qué piensas?

—¡Sabía que me preguntarías…! Bueno, *okay*… Si…, si analizamos en conjunto la palabra *soplo* con la palabra *Atón*, y si además le solicito a nuestra querida María el *copyright* de su pensamiento…, esa frase podría estar refiriéndose a algún tipo de viento que trae luz o calor…, y pensando lógicamente, me inclino a un *viento de calor* o a un *viento caliente*… En primera instancia, estaríamos ante una frase como esta: "Un viento caliente para escuchar alguna voz"… Pero aquí solo tenemos un papel, estimados colegas…, un único papel, de un blanco absoluto y que nos muestra una frase de una oscuridad, por ahora…, absoluta.

Susana agrega:

—Sí, Héctor, coincido totalmente contigo. ¿Y a qué se referirá ese *escuchar voz*? ¿Tú qué opinas, Edu?

—Concuerdo con los demás, y creo que estamos muy cerca, ya que la palabra *voz* a veces no se refiere a la palabra hablada…, escuchada, sino que también es un sinónimo del término *palabra* en sí mismo… O sea que, si pienso en conjunto, me viene a la mente un significado como el siguiente: "Un viento caliente para escuchar palabras"… Pero seguimos con el término *escuchar* sin resolver.

—Escuchar…, escuchar, escuchar… ¡Pensamiento lateral, ven a mí! Escuchar… Sí, sí… Creo que lo tenemos, chicos. Si yo, Susana, les leyera un texto *escrito*, desde el punto de vista de ustedes, están escuchando palabras escritas… Es relativo, porque aunque yo se las lea, ustedes siempre estarán escuchando palabras escritas… Entonces, solo imaginemos palabras escritas, por lo que… podríamos modificar la frase y dejarla así: "Un viento caliente para leer palabras"… ¡Sí, sí! *Voilà!* Debemos calentar la hoja para poder ver el mensaje —finaliza Susana, agregando a sus propias palabras anteriores.

Todos en el grupo festejan por el nuevo acertijo resuelto, por lo que solicitan a Héctor una fuente de calor suave que se pueda utilizar para aplicar al papel. Quizás así se podrá ver el mensaje.

Héctor, luego de ofrecer su propio cuerpo como fuente de calor, y después de que le arrojaran latitas vacías de gaseosa, no tiene más remedio que buscar en su casa, y lo único que halla, y que es lo menos peligroso para el papel, es un ventilador de calor que él utiliza contadas veces, después de una ducha, en los días más fríos de invierno.

—¿Esto puede servir…? Les aseguro que da un *soplo de Atón* estupendo, amigos míos… —comenta sonriente el dueño de casa.

También todos ríen, y posteriormente comienzan a prepararse para calentar el papel, de a poco, muy despacio. Conectan el ventilador de calor y lo encienden con el menor nivel de calor. Otro coloca el papel a unos 30 centímetros frente al aparato para intentar divisar un resultado. No pasa nada; de ningún lado puede verse inscripción alguna, a no ser por el propio acertijo. Aumentan la temperatura al segundo nivel y esperan, presentando las dos caras hacia el aparato. Tampoco obtienen resultado alguno. Los integrantes se impacientan cada vez más, ya que solo falta la tercera posición. Por último, y luego de un rato de que no aparezca absolutamente nada, aumentan el calor al tercer y último nivel. Presentan el papel nuevamente de un lado y del otro…, varias veces, y… no se divisa nada…

—Esperen —dice Eduardo—. Creo que vi algo. Pónganlo nuevamente del lado del acertijo, en dirección al *soplo de Atón*.

De nuevo, el papel se halla frente al aparato de calor y todos esperan…, esperan…, ¡esperan!, hasta que, como por arte de magia, ciertas letras comienzan a materializarse, y después de unos segundos más ya aparece el texto por completo. Están ahora en presencia del propio mensaje, el cual se les muestra de la siguiente forma:

Susana, debes quemar esta carta luego de leerla.

Aquí tienes todo lo necesario para ingresar a las instalaciones del proyecto.

La mayoría de los documentos son informativos respecto de él, pero, como verás, ninguno es explícito, por lo que no se detallan nombres de absolutamente nada ni nadie. Si estos documentos se pierden, nadie puede obtener nada de ellos. Tú sí, debido a que ya sabes dónde ingresarás. También encontrarás unas cajas que contienen un chip de identificación cada una, los cuales deberás portar uno en la mano derecha y el otro en la parte izquierda de la frente. Estos chips deben llevarse bajo la piel, por lo que, cuando te encuentres en la Gran Ciudad, un médico irá a tu domicilio. El proceso es muy simple, ya que solo son colocados con una pequeña jeringa.

Yo sabré cuándo estarás en la Gran Ciudad.

El día martes a la mañana, ingresarás al proyecto. Deberás ir a la dirección que te dará el médico. De todos modos, alguien te pasará a buscar.

Cuando ingreses a las instalaciones, solo debes decir tu nombre completo y mencionarles la necesidad de dar de alta la geometría de tus manos. Esto es necesario para ingresar al propio complejo edilicio inmediatamente después de que las personas de seguridad te hayan dejado entrar desde el perímetro exterior.

Tienes tres niveles de autenticación: primero, los guardias de seguridad, los cuales ya están al tanto de que ingresarás el martes; segundo, colocar cualquiera de las manos en el lector biométrico antes de ingresar al complejo; y tercero, ya adentro, la supercomputadora te autenticará con solo leer cualquiera de los chips que te implantarán. No te abrirá las puertas si no te reconoce por medio de los chips.

Simplemente, ingresarás como cualquier otro empleado del proyecto y trabajarás en el área de Operaciones junto con las demás personas. Luego, allí se te informarán tus quehaceres.

Te necesito adentro, Susana, es de suma importancia.

Y no olvides quemar este papel... ¡Y ya, Susana!

Saludos,

A. T.

Susana ya tiene el mensaje, la información implícita sobre el proyecto y los dos chips. El lunes deberá estar en su casa a primera hora.

Aunque Susana no deja de preguntarse por qué el doctor le va a dar la dirección del Proyecto MIRAR si ellos ya la han obtenido al decodificar el primero de los mensajes.

Capítulo 36

—Señor Carlos, quiero informarle de una irregularidad en las transmisiones mundiales de datos, una inconsistencia en uno de los campos dentro de la cabecera de cada paquete TCP/IP. No es lógico lo que he venido detectando, por lo que es necesario que usted lo sepa —avisa ATENEA al jefe del área de Operaciones de MIRAR.

Carlos, que se halla en su oficina, parado y de espaldas a su escritorio, observando las ventanas virtuales, las cuales en estos momentos muestran paisajes espectaculares, le contesta:

—Dime, ATENEA, ¿qué inconsistencias has hallado? Sé más explícita, por favor.

—La inconsistencia reside dentro de las cabeceras de cada uno de los paquetes TCP/IP. Esa inestabilidad de los datos se da en el ciento por ciento de las transmisiones por Internet. El campo de 6 bits de longitud, denominado *Reservado*, que forma una parte de la estructura de cada paquete TCP, y que no fue destinado para un uso específico, al momento de estar circulando fuera de las redes, o sea, en la nube de Internet, contiene un dato que difiere del dato que debería tener originalmente. Ese campo originalmente debe tener todos sus bits en cero, y lo tiene, pero lo anterior es así inmediatamente después de ingresar a cada computadora. E inmediatamente antes del ingreso tiene otro valor muy diferente —le responde ATENEA.

—A ver si comprendo lo que me dices, ATENEA… El campo *Reservado* cambia de valor, dependiendo de si está *afuera*, en la nube, o bien en una computadora dentro de una red, o en una computadora de un usuario genérico o común…, de un hogar, por ejemplo… O sea, ¿ese campo cambia dinámicamente, dependiendo en qué lugar se encuentre…? ATENEA…, si es así, es algo muy extraño.

—Pero a mí no me pareció extraño, señor Carlos.

—¿Por qué no, ATENEA…? Explícate.

—Porque he detectado en nuestra propia red, entre nuestro último nivel de *firewall* y justo antes de nuestra salida a Internet, un dispositivo que lee ese campo, e inmediatamente antes de que cada paquete TCP/IP ingrese a nuestra red modifica ese campo, colocándole el valor original, o sea, los 6 bits en cero.

—¿Qué?

—Y tengo más, señor Carlos.

—Me lo estaba imaginando, ATENEA. Con lo que me has contado es seguro que hay más… ¿Y qué es lo que sigue?

—Lo que sigue es que he podido descifrar el contenido de esos campos, dentro de las cabeceras de los paquetes TCP, justo cuando los primeros ataques de Denegación de Servicio comenzaron y nuestro *firewall* todavía no había caído. Y es que en el momento previo de que su valor cambie a cero, o sea, antes de que cada paquete ingrese a nuestra red, ese dispositivo lee el contenido dinámico del campo y lo envía hacia una dirección IP del gobierno, la cual conozco. Además, como el dispositivo en cuestión no se *cae* por dichos ataques de DDoS, envía constantemente lo que lee del campo

Reservado. Según mis análisis, el valor puesto dinámicamente en ese campo contiene información de localización geográfica del origen de las transmisiones. Incluso, todas las cabeceras TCP de los ataques de DDoS llegan mutadas, por lo que no es posible saber el origen de estos ataques; pero este campo *Reservado* aparentemente no llega mutado, debido a que queda fuera del alcance del *shell* o programa generador de estas amenazas, y, a posteriori, algo dentro del hardware de las computadoras atacantes carga la geolocalización unas milésimas de segundo después de que estos *shells* envíen los ataques mutados; y según mis cálculos probabilísticos, los datos de localización geográfica que he podido analizar son reales y no vienen mutados. ¿Se da cuenta de lo que ello significa, Carlos?

—En primer lugar, me continúas impresionando, ATENEA... Y en segundo lugar, ya se me erizaron todos los pelos de la nuca... Y si... creo darme cuenta de lo que eso significa..., quiere decir que alguien siempre está sabiendo desde dónde provienen las comunicaciones, sin importar que desde la *capa de aplicación* se alteren o muten las cabeceras de las transmisiones TCP, ya que, tres niveles más abajo..., la *capa de transmisión o transporte* es la que se encargaría de hacer ese trabajo sucio, o sea, de modificar el campo denominado *Reservado*, con los datos reales del lugar desde donde salen los ataques... ¿Estoy *orientado*, ATENEA...? ¿Mis deducciones, en base al modelo de interconexión OSI, son correctas?

—Es correcto, señor Carlos, y estuvo muy bien orientado. Pero ¿usted se da cuenta de que existe un problema mucho más grave que los recientes ataques de Denegación de Servicio?

—Sí, sí... Y, aunque a veces el cerebro humano intenta eludir los grandes problemas que intuye o presiente..., voy a tratar de no hacerle caso al mío... Esta gravedad que tú ya conoces, ATENEA, y que por mi parte estoy presintiendo..., y diría yo que al nivel de la boca del estómago, en donde me comenzó un cosquilleo de nervios, es que estamos ante el mayor engaño que ha presenciado la humanidad..., un chip que desde cualquier equipo de computación modifique, a nivel de red, nuestras transmisiones para informar a unos pocos desde dónde fueron realizadas... Y además..., ¡y además!, ya me estoy imaginando que también pueden saber nuestros movimientos. Con solo ir conectándonos en diferentes lugares geográficos, tendrán un perfecto trazo digital sobre nuestros viajes, en qué ciudades o países estuvimos, y en cuánto tiempo los hicimos…, y un gran etcétera… Sí, es muy grave… Esto lo deben venir realizando hace mucho tiempo… Y… me has abierto la mente un poco más, ATENEA, ya que nosotros…, ¿no estamos haciendo lo mismo…? Desde hace mucho menos tiempo, pero…, pero en mayor escala…, ¿no?

—Es eso lo que quería escuchar a lo último, señor, debido a que en mis análisis probabilísticos previos respecto de cómo sería esta conversación y lo que usted podría llegar a contestarme, calculé una alta probabilidad, sumada a unos pequeños desvíos, de que llegaría a contestarme exactamente eso. Y en términos humanos, quiere decir que *lo conozco muy bien, señor Carlos*. Yo sabía que usted se daría cuenta de la analogía entre el uso final del campo *Reservado* y el Proyecto MIRAR.

—Gracias, ATENEA. Y ¿te soy sincero…? Cada vez que te diriges a ti misma con ese *yo* me haces poner la carne de gallina.

—Qué ironía, ¿no, señor Carlos?

—¿Por qué?

—Porque he visto cómo los seres humanos están cada vez más estructurados, rutinarios, materialistas, prevaleciendo lo artificial ante el tan enriquecedor contacto entre los propios humanos, el enviarse un email estando en un mismo espacio de trabajo en lugar de llamar por teléfono o acudir personalmente; y en cambio, lo que yo más utilizo es ese contacto del que la humanidad se está olvidando de a poco: el contacto hablado y cara a cara. La palabra hablada no debe ser dejada de lado nunca.

—Coincido totalmente contigo, ATENEA, y por mi parte, siempre he tratado de hacer lo que tú me comentas.

—Sí, Carlos, lo sé.

—De todos modos, ATENEA, has detectado problemas mucho más graves que los ataques de Denegación de Servicio… Debo avisar al director sobre lo que me informaste respecto del campo *Reservado* dentro del protocolo TCP.

—Estoy de acuerdo, señor.

Todas las computadoras del mundo están enviando el dato sobre el lugar geográfico donde se encuentran, y solo unos pocos y selectos dispositivos, contados con los dedos de una mano, analizan esto.

Gracias a los paquetes mutantes que ANNON envía para sus ataques de DDoS, junto con los análisis sobre estos por parte de ATENEA, está por salir a la luz algo más terrible que el propio Proyecto MIRAR.

Capítulo 37

Martes 28 de septiembre, 6.30 a.m.
En casa de Susana
Gran Ciudad

El radio reloj despertador retumba en todas las esquinas de la habitación. Es la hora y el día en que comenzará una nueva e intrigante etapa en la vida de Susana Palacios. Hoy emprenderá una nueva vida, tomará un nuevo rumbo, circulará por otra autopista: la autopista de la verdad, la libertad donde todo su pasado como activista de ANNON se fortalecerá aún más. Todo lo aprendido y aportado dentro de esa gran red de cyberactivistas dará sus frutos con creces dentro del Proyecto MIRAR. Susana no dejaría sus ideales por nada en el mundo: la libertad y la independencia son los dos pilares fundamentales de una sociedad justa y civilizada. ANNON le ha dado muchas enseñanzas. En MIRAR se dedicará a aplicarlas de la mejor manera posible, debido a que está por trabajar dentro del mismísimo vientre de la bestia, en donde la opresión y la dependencia global dirigidas hacia un control absoluto se generan a cada segundo. Pero ella está muy tranquila, ya que cuenta con una persona aliada dentro de las instalaciones de MIRAR. No ve la hora de conocerla personalmente, de hablar con ella, ya que tiene infinidad de preguntas para hacerle. Hasta ahora, todo ha sido tan formal y escueto que no han podido obtener información alguna, junto a su equipo, respecto de obtener más detalles sobre el proyecto. Es más, ellos debieron dilucidarla con los varios acertijos que tuvieron que resolver. Susana sabe que se encontrará cara a cara con Ana Teresa, a la cual, lisa y llanamente, la bombardeará con infinidad de preguntas que hasta ahora rondan constantemente su mente sin sus respuestas correspondientes.

Mientras Susana se levanta, se da una ducha y se dispone a vestirse, recuerda con el pensamiento y a veces en voz alta todo lo sucedido ayer, lunes, debido a que, tal cual se detallaba en la carta mostrada por el *soplo de Atón*, el doctor la ha visitado y le ha implantado los dos chips de seguridad —uno en la mano derecha y el otro en el lado izquierdo de la frente—, y aunque el procedimiento fue extremadamente sencillo, todavía puede sentirlos levemente dentro de su cuerpo. Pero es parte del precio que debe pagar para poder entrar al vientre de la bestia. También recuerda que el doctor le indicó la dirección donde se encuentran las instalaciones del Proyecto MIRAR —la misma que descubrieron en el primer mensaje desencriptado— y algunas otras consideraciones a tener en cuenta respecto de la seguridad en el ingreso.

Son las 7.30 y Susana espera el vehículo que la vendrá a buscar. Según lo que le indicó el doctor, debe ser un vehículo tipo cuatro por cuatro familiar, marca Mercedes, de color negro y con un logo del gobierno en sus puertas delanteras. Lo manejará una mujer rubia con pelo recogido, vestida con pollera negra hasta las rodillas y un saco de color gris, casi blanco. Responderá al nombre de Carolina.

Ya las 7.35 de la mañana y el contestador de su casa se hace escuchar, haciendo dar a Susana un pequeño salto, debido a que, mientras esperaba, su mente navegaba entre el mar de preguntas sin respuesta que tiene en su mente. Después de atender e intercambiar palabras con la persona del otro lado del contestador, Susana toma su abrigo y su cartera, y se dispone a bajar hasta la vereda, en donde Carolina la está esperando.

Todo es tal cual se lo describió el doctor un día antes. Tanto el vehículo Mercedes como la persona y su vestimenta coinciden a la perfección con la palabra del médico, hasta el color de pelo y cómo lo llevaría recogido.

Susana, antes de ingresar al automóvil, se dice en sus pensamientos: "¡Qué precisión, doctor…! Y… ¿será doctor el que me visitó ayer…? Bueno, deja los pensamientos conspiracionistas a un lado, Susana, y métete ya en la cuatro por cuatro… Una nueva misión te aguarda… Un nuevo mundo libre te espera", finaliza su pensamiento, con la sabiduría acostumbrada.

—Buenos días, señorita Susana. Ajústese los cinturones, por favor. El trayecto estará muy transitado —le comunica Carolina, luego de que las dos ya se encuentran en el vehículo y a punto de que este arranque hacia su destino.

—*Okay, okay,* Carolina. ¡Gracias! —responde Susana.

—Y es su primer día, ¿no...? ¿Qué se siente poder ingresar al proyecto...? Supongo que a estas alturas tendrá un cosquilleo en su estómago... La ansiedad la estará matando —continúa Carolina.

—Sí, sí..., es mi primer día... Y has adivinado, Carolina, mi estómago comienza a hacerse sentir... Y mira, a veces pienso que el ser humano tiene un segundo cerebro allí, en el estómago..., y que alguna red neuronal simple se ubica y funciona bajo las órdenes de nuestro cerebro superior... ¿No lo crees así, Carolina? —argumenta Susana.

Carolina responde:

—Tú sabes que sí, Susana... Y ya que nos falta bastante para llegar, te comento algo respecto del sistema nervioso del que, con mucha razón y acierto, tú me comentas... Primero que nada, yo no soy chofer; trabajo en el área de Investigaciones Avanzadas sobre Inteligencia Artificial y Redes Neuronales dentro del proyecto... Me encargo de determinar cómo se deberían interrelacionar las neuronas digitales dentro de un procesador cuántico, de manera de obtener, en conjunto, respuestas análogas a nuestro sistema nervioso. Y justamente, lo que tú intuiste es muy…, muy cierto, ya que dentro de nuestro sistema nervioso autónomo se halla el sistema nervioso entérico, el cual se encarga de todos los procesos destinados a la digestión, como por ejemplo, el flujo de la sangre por los órganos de la digestión, los denominados movimientos peristálticos, el control de secreciones digestivas y la apertura involuntaria del píloro… Todo esto funciona, diría yo, y haciendo una analogía con la informática, de una manera *offline*, desconectada de nuestro cerebro superior consciente…, pero sí que funciona, y lo hace aproximadamente con unas cien millones de neuronas destinadas solo para tal fin… Mira, Susana, si tenemos una muerte cerebral, el sistema nervioso entérico seguirá haciendo funcionar perfectamente el sistema digestivo… Es fascinante todo lo relativo al sistema nervioso, y poder aplicarlo a la computación cuántica es… indescriptible —finaliza Carolina, como dando una clase en una facultad de medicina.

Susana, boquiabierta, impresionada y con un estado de asombro del cual no puede escapar, le dice de inmediato:

—¿No eres chofer...? Eh, perdón, quería decir que, ¿que eres qué... en el proyecto...? Ah..., mira, disculpa, estoy un poco nerviosa, pero has logrado impresionarme... Y ahora que lo pienso..., entonces yo estaba en lo cierto sobre el sistema nervioso que gobierna los órganos del abdomen... —finaliza Susana, quien todavía continúa muy asombrada por la calidad intelectual de la respuesta de Carolina, y además..., porque no es chofer.

Y así continúan charlando todo el camino, y cuando Susana menos lo espera, ya están a unos pocos metros de la entrada al complejo. Susana ve cómo una persona de la empresa de seguridad sale al encuentro del vehículo que maneja Carolina. Luego de saludarse entre sí y darse los acostumbrados "Buenos días", Carolina estaciona, debido a que a Susana tienen que darle de alta en el sistema de reconocimiento de la geometría de mano. La geometría de sus dos manos será inmortalizada digitalmente. El proceso es muy corto, como de costumbre, y Carolina y Susana son habilitadas para ingresar al complejo.

Las grandes y pesadas puertas se abren al momento que el vehículo se encuentra justo frente a estas. Un instante después, las puertas se cierran detrás de la cuatro por cuatro. Susana ya está adentro... Su corazón comienza a querer salir hacia fuera...; late con tanta fuerza que no logra utilizar su acostumbrada sabiduría para disminuir el ritmo de sus latidos.

Se adentran cada vez más sobre el camino interior, el cual las está llevando indefectiblemente hacia la puerta de entrada principal, en donde Susana deberá autenticarse con su mano por primera vez, e inmediatamente después, un único paso por delante de la puerta de acrílico, ATENEA pasará a leerle los chips de identificación. ATENEA ya debería estar al tanto del ingreso de la nueva integrante al selecto equipo que trabaja en el área de Operaciones.

Cuando ambas ingresan en la recepción del edificio, Susana no sale del asombro de lo que está comenzando a ver, pero todavía no había visto prácticamente nada. Lo mejor está por venir.

—Buenos días, señorita Carolina... Buenos días, señorita Susana. Y bienvenida a las instalaciones del Proyecto MIRAR... Mi nombre es Mabel y soy la recepcionista... Por mí pasan todas las personas..., en el buen sentido, ¿no? —les dice la recepcionista Mabel Saldaña, con tono muy cortés y amable.

—Buenos días y... muchas gracias —responde muy sonriente Susana.

—Buenos días, Mabel, y gracias por recibirnos... Y, Mabel..., ¿le podrías comunicar a Carlos Di Stéfano que Susana Palacios ya se encuentra aquí? —continúa diciendo Carolina, también con una marcada sonrisa.

—Sí, señorita Carolina. Cuando vi que estaban entrando le di el aviso al señor Carlos.

—Excelente lo tuyo, Mabel, como siempre, y muchas gracias.

Las tres no han terminado de hablar cuando se escucha un sonido agudo, seguido por una especie de ruido un tanto prolongado en el tiempo y con tono suave, como un corrimiento de puertas. Es Carlos Di Stéfano, quien sale del ascensor, dirigiéndose hacia el vestíbulo de la recepción.

Capítulo 38

ATENEA continúa un análisis exhaustivo de los paquetes TCP/IP que llegan constantemente desde las millones de sesiones abiertas que dejan los ataque de parte de la red ANNON. El sitio para controlar el mundo virtual no puede utilizarse desde ningún lado; ni desde adentro, para que la supercomputadora pueda llevar a cabo los controles según lo dicta el Proyecto MIRAR, ni desde afuera, desde Internet, para que los usuarios que conocen y tienen el acceso puedan ingresar.

La supercomputadora cuántica denominada ATENEA comienza un período de análisis muy detallados de los paquetes de datos del protocolo TCP/IP, provenientes desde ANNON, pero para analizarlos debe reiniciar muy seguido el último nivel de *firewall* —servidor que protege la red interna y, además, la separa de Internet— cada vez que necesita acceder tanto a los paquetes como al intrigante dispositivo —el cual hasta hace poco era secreto— que modifica el campo *Reservado*, colocándole y borrándole datos de geolocalización, dentro de la cabecera de los paquetes de datos del protocolo TCP. Este *firewall* o *pared de fuego*, al arrancar nuevamente, deja disponible que los servicios internos de la red del Proyecto MIRAR se publiquen —recordando que es de manera privada— hacia Internet y que ATENEA pueda pasar o acceder por intermedio de este al dispositivo secreto que se encuentra un nivel más, en dirección a Internet, traspasando dicho *firewall*. Es debido a este servidor, desde el cual, cada vez que deniega publicar nuevamente los servicios internos, en respuesta o defensa a los ataques de ANNON, se *cae*, cerrando todas sus puertas de acceso y salida, o también llamados puertos —en inglés, *port*—, por lo que ATENEA vuelve a perder el acceso al dispositivo modificador del campo *Reservado*.

De todos modos, ATENEA ya ha realizado un importante y muy extenso análisis sobre esa especie de *puerta trasera* del protocolo TCP/IP. En sí mismo, no es una puerta trasera, sino un sucio aprovechamiento de sus vulnerabilidades y simplicidad para objetivos de localización geográfica de las transmisiones de datos.

El protocolo TCP/IP, en realidad, es una familia de protocolos, donde el TCP y el IP son los dos más importantes, pero lo concreto es que esta familia se compone de más de cien protocolos diferentes, entre los cuales los más conocidos son el *HTTP* utilizado para acceder a los sitios web; el *FTP*, que se usa para la transferencia de archivos; el *ARP* para la resolución de direcciones IP; el *SMTP* para el correo electrónico; el *POP*, igual que el anterior; y el *TELNET* para el acceso remoto a otros equipos. El protocolo TCP/IP fue creado a principios de los años 70, después de haberse construido, en 1969, la red ARPANET, la cual es la precursora de la propia red Internet. Fue desarrollada por la Agencia de Investigación de Proyectos Avanzados de Defensa (DARPA).

El director general del Proyecto, Juan Pedro Apóstol, ya está al corriente de lo hallado por ATENEA respecto del uso que se le estaba dando hacía años al campo denominado *Reservado* dentro de las cabeceras de cada paquete de datos del protocolo TCP/IP. Su preocupación es extrema, pero su calma también. Comienza a solicitar diferentes tipos de pruebas y chequeos para verificar al ciento por ciento lo descubierto. Considera que ahora tiene entre sus manos un tema mucho más grave que los ataques de la red ANNON. Este tema le ha acaparado toda su capacidad de preocupación; los ataques, en tanto, han pasado a ser irrelevantes, debido a los escurridizos chips secretos que aparentemente todas las computadoras del mundo tienen a nivel de la capa de transporte, dentro del modelo de interconexión de red denominado OSI.

El director piensa que si estos chips son reales, y este tema llega a ser denunciado, y si, además, alcanza a hacerse público, infinidad de compañías fabricantes de hardware para computadoras podrían llegar a ser denunciadas por millones de personas, momento en que podrían entrar en peligro de quiebra inminente. Hasta el gobierno nacional sería receptor de incontables denuncias y juicios.

Está en sus manos resolver políticamente este tema sobre el chip, el cual hace el trabajo sucio de la geolocalización, y también sobre los dispositivos que canalizan estos datos hacia unas pocas direcciones IP del gobierno. Es un tema extremadamente delicado, ya que si esto sale a la luz del público en general, podría generarse la mayor revolución de la historia y la desconfianza sería un sentimiento muy difícil de disipar por un largo tiempo.

Capítulo 39

Las páginas web privadas del gobierno que conforman la lista de ataques, proporcionada por Ana Teresa, actualmente están todas operativas. ANNON dejó que se restablecieran, ya que no está entre sus intenciones paralizar un país. Hay muchas personas inocentes fuera del mundo virtual que podrían sufrir algún tipo de daño.

Solo el sitio del Proyecto MIRAR continúa recibiendo los proyectiles digitales, sin miras de detenerse. El arsenal digital es interminable. ANNON es implacable. Internet, sin el Proyecto MIRAR, vuelve a ser un lugar con libertad, independencia y neutralidad. De todos modos, los de ANNON saben que si dejan de atacar MIRAR se levantará de la misma manera que lo hace el ave fénix de sus propias cenizas. Se encontrarían ante un nuevo renacer del proyecto; una vez más, la libertad y neutralidad estarían amenazadas.

ANNON sabe, además, que el ataque no podrá durar para siempre. Están a la espera de las resoluciones de las reuniones gubernamentales entre políticos y empresarios implicados en este proyecto.

Los medios de noticias de todo el mundo continúan debatiendo sobre lo develado por ANNON. El Proyecto MIRAR sigue siendo portada de todos los medios periodísticos globales.

En la mayoría de los países del mundo, pequeños focos de presencias en las calles se están generando en repudio al proyecto. Muchos llevan una máscara muy particular y muy parecida a la cara de un conspirador inglés, el cual vivió entre los años 1570 y 1606, llamado Guy Fawkes, quien formó parte de un grupo denominado *del restauracionismo católico inglés* y que planeó la *Conspiración de la Pólvora*, con el objetivo de destruir el Parlamento inglés y asesinar al rey Jaime I de Inglaterra, a su familia y a todos los integrantes de la Cámara de los Lores. El 5 de noviembre de 1605, fue arrestado y luego ejecutado antes de que llegara a cometer lo planeado. Su intención era terminar con las persecuciones religiosas, ya que se había percatado de la brutal represión que el Parlamento inglés aplicaba sobre las personas católicas. Además, se negó a denunciar a sus cómplices, asumiendo total responsabilidad por sus acciones.

Los comunicados públicos de la red ANNON, principalmente en videos, los hacen personas vestidas con traje negro y una máscara muy similar a las facciones reales de Guy Fawkes, como haciendo alusión a sus propios principios, que fueron la defensa de la libertad de las personas y también de los pueblos ante las decisiones políticas injustas.

ANNON es el pueblo, es libertad, es respeto a la moral colectiva; es *El centinela digital*.

Capítulo 40

Cuando Carlos se dirige rumbo hacia donde se encuentran Carolina y Susana, a la espera de tan importante recibimiento, solo puede divisar una sola cosa, una sola persona, una persona que, si bien no ha visto nunca antes, forma parte del estereotipo de mujer perfecta y que siempre ha soñado tener como su amada esposa. Él comienza a sentir como si ya la conociera, debido a que, en su mente, ya tenía formada una imagen sobre el tipo de persona con la cual quería casarse. Con cada paso que da, acercándose cada vez más, se dice a sí mismo, y solo con el pensamiento: "Bueno, Carlos, esta persona algún día será tu amada compañera de la

353

vida, será tu esposa. Tus sueños de envejecer junto a la mujer que amas están a punto de hacerse realidad, solo te hace falta una cosa: que a ella le gustes… *Okay*, vamos, Carlitos, eres apuesto, inteligente y muy buena persona…, sin contar la buena onda, ¿no? Es lo que a las mujeres les atrae… Bueno, aquí llego… ¡Qué hermosa que es…! No debo intimidarme, no debo intimidarme… ¡Tranquilízate, Carlos!".

Al finalizar su cavilada reflexión, Carlos, con su cara sonriente, les expresa, tanto a Carolina como a Susana, unas palabras de bienvenida:

—Buenos días, señoritas… Buenos días, Carolina. ¿Cómo estás hoy? Espero que muy bien. Y la señorita que te acompaña debe ser… ¿nuestra nueva colaboradora…? Susana, si no me equivoco —manifiesta Carlos, mientras rápidamente aparta su vista de Carolina para pasar a mirar a Susana, haciéndolo con un aire humilde, pero muy firme, y a la par que extiende su mano derecha para estrecharla con la de Susana.

—Sí, Carlos, y te la presento.

Carolina le presenta a Carlos a su nueva *discípula*, quien, al igual que él, también obtuvo una muy buena primera impresión del jefe del área de Operaciones.

Los tres comienzan a caminar hacia el ascensor, hablando específicamente sobre el ingreso de Susana al Proyecto MIRAR y qué tarea empezará a realizar.

A cada paso que da, Susana no puede salir del asombro que le generan las instalaciones del edificio. Todo lo de allí parece haberse sacado de una película de ciencia ficción. Todo, absolutamente todo está perfectamente pensado, teniendo en cuenta la más alta tecnología. Además, dentro del predio se encuentra la supercomputadora ATENEA, la cual ya le dio la bienvenida al momento de acceder a la recepción, inmediatamente después de que la segunda puerta de acrílico fuera abierta, en respuesta a la autenticación de los chips recién implantados en Susana. ATENEA lo controla todo y a todos al mismo tiempo. Nada ni nadie está exento de la mirada panóptica ni del oído omnipresente de la supercomputadora cuántica ATENEA.

El ascensor comienza su viaje hacia las profundidades del iceberg digital, hacia el subsuelo número -10, donde es esperada por los demás integrantes del equipo de Carlos.

Justo en el subsuelo -9, el ascensor se detiene, debido a que Carolina trabaja allí, en el área de Investigaciones Avanzadas sobre Inteligencia Artificial y Redes Neuronales. Luego de un pitido a modo de campanilla navideña, las dos puertas corredizas del ascensor se abren y Carolina accede a su área, dejando atrás a Carlos y a Susana después de unos saludos muy cordiales a ambos.

El ascensor continúa bajando un nivel más para terminar su recorrido deteniéndose, ahora sí, en el lugar donde Susana se desempeñará, realizando tareas de programación y mantenimiento de los sistemas satélite de los programas de inteligencia artificial. Estos sistemas satélites son programas que responden al paradigma de programación *orientado a objetos*, el cual, junto con el procedural, es el paradigma más utilizado del mundo. El paradigma de los programas de inteligencia artificial que le dan vida a ATENEA se denomina *paradigma lógico*.

Susana es una experta en los programas procedurales y orientados a objetos, y en principio, deberá concentrarse en los sistemas satélite, como los de chequeos del estado de la red interna o Intranet, programas para el análisis de tráfico de red a nivel de salida y entrada de datos, sistemas para el análisis del rendimiento de la supercomputadora ATENEA y demás programas que, aunque no están basados en el paradigma lógico, no son menos complejos. Para Susana será un reto importante, pero sus conocimientos, su determinación y su autoestima en todo momento están mucho más arriba que cualquier desafío que se le presente. Ella tiene una frase en la que se basan todos sus actos, una frase anónima que reza lo siguiente: "Como no sabían que era imposible, lo hicieron".

Es su frase de cabecera y la que la impulsa a no abandonar un desafío, por más tinte de imposibilidad que tenga. Eso la lleva siempre a ejecutar y a llevar a cabo con éxito grandes logros personales y profesionales.

Una vez dentro del área de Operaciones, Carlos la presenta debidamente a todos los integrantes del equipo. También le muestra todas las instalaciones del subsuelo -10 y, además, donde se encuentra la supercomputadora ATENEA, el subsuelo -11.

En el momento en que Susana se encuentra frente a ATENEA, su corazón comienza a palpitar muy fuerte, su pulso se le acelera, la piel se le eriza, al tiempo que piensa en todas las libertades coartadas que se encuentran allí dentro, todos los sueños destruidos, todo por lo que ella, como integrante de la red ANNON, lucha y sueña; todos los principios por los que la red ANNON batalla se encuentran retenidos dentro de los circuitos de una supercomputadora. "¡Qué frialdad!", piensa.

De todos modos, como los ataques de Denegación de Servicio continúan, por ahora, la libertad y la neutralidad de la red Internet está restableciéndose.

Después de que las presentaciones y recibimientos finalizan, Carlos y Susana se dirigen a la oficina de él para conversar sobre el trabajo que le tocará realizar.

El jefe la continúa poniendo al tanto sobre la tecnología utilizada en el Proyecto MIRAR y especialmente en la construcción y programación de la supercomputadora cuántica ATENEA. El asombro del que Susana todavía es absolutamente presa no está en miras a disminuir, debido a que, con todos los datos proporcionados por Carlos respecto de ATENEA, tiene para continuar asombrada y sorprendida por un muy largo tiempo. Incluso, Carlos le comenta los adelantos que ha tenido últimamente ATENEA respecto de la capacidad de comunicarse de forma hablada con los demás y de su referenciamiento a sí misma con palabras como *yo*, *mi*, *soy*, etcétera.

Susana, al terminar de oír todo lo relacionado con la excelente comunicación hablada de ATENEA, le expresa a Carlos lo siguiente:

—Carlos, entonces falta que me presentes a alguien más.

—¿A quién, Susana? ¿A qué te refieres?

—Me refiero a que me falta conocer personalmente a ATENEA, conversar con ella… El hecho de poder entablar una conversación inteligente con algo que no sea humano…, en este caso, una supercomputadora…, me resulta extremadamente interesante… No veo las horas de entablar una conversación con ella.

Inmediatamente después de las palabras de Susana, reverbera en la oficina de Carlos una peculiar voz, la cual revela las siguientes palabras:

—Muchas gracias por lo de *ella*, señorita Susana. Mi nombre es ATENEA y me encargo del control de todo lo que sucede en la red Internet, aunque por ahora, si tuviera manos, estaría limpiando el piso. Le doy la bienvenida a las instalaciones. Además, yo también espero que podamos hablar más en otro momento.

Susana nuevamente queda boquiabierta y sin saber qué contestar, debido a que algo no humano, en este preciso momento, está hablándole, y de una manera inteligente.

Carlos la mira sonriente y haciendo un movimiento ocular de lado a lado y en dirección al techo, le dice a Susana:

—Te presento a nuestra supercomputadora ATENEA, la cual ahora es noticia en todo el mundo, debido a la filtración de datos del proyecto, del que ya estarás al tanto. Todos los informativos estaban y están con este tema.

Susana, con su voz revestida de un tono de sorpresa, le contesta a ATENEA:

—M… mucho…, mucho gusto, ATENEA. Es un placer conocerte. Ya te había visto en el piso -11, pero…, pero esta bienvenida de tu parte, la verdad, que no me la esperaba; es más, no esperaba escuchar algo como esto en toda mi vida —finaliza diciendo la recién llegada.

—Me siento complacida por sus palabras, señorita Susana, y mis cálculos probabilísticos me indican que la debo conocer de algún lado. Su cara me resulta muy familiar.

—Ah, ¿y también nos estás viendo, ATENEA?

Carlos agrega con un tono de comicidad:

—ATENEA lo *ve*, lo *oye* y lo *habla* todo, Susana… No se pierde nada… y lo puede hacer todo a la vez, y con una o más personas al mismo tiempo… Impresionante, ¿no?

—*Okay*, *okay*, Carlos. Aunque todavía no salgo del asombro y de la impresión, ya estoy comenzando a habituarme —responde sonriente Susana—. Y volviendo a tu pregunta, ATENEA, si… tus probabilidades han acertado casi en el centro…, estoy más que segura sobre tus conocimientos respecto de mí.

—Entonces, señorita Susana, ¿me podría informar de dónde la conozco?

—Y... de Internet, ATENEA..., seguramente... Si tú lo ves todo... es lógico que me conozcas de allí, ¿no?

Capítulo 41

El director general del Proyecto MIRAR, Juan Pedro
Apóstol, convoca a una urgente reunión estratégica, a la que
asistirá todo el gabinete de ministros de la Nación, el director
general del Hexágono, el director de la Agencia de Seguridad,
el director de la Agencia de Inteligencia y el director de la
Agencia de Investigaciones. El mismísimo Presidente de la
Nación y el director del Proyecto MIRAR, además de
anfitriones de lujo, harán las veces de moderadores de los
debates que se generarán en torno al tema de los ataques de
Denegación de Servicio, que por ahora continúan sobre el
Proyecto MIRAR; el intrigante tema respecto del singular

comportamiento de la supercomputadora ATENEA; y como un asunto nuevo y muy delicado, respecto del cual, de todos los participantes de la reunión, solamente Juan Pedro Apóstol está al corriente, la cuestión del chip que modifica el campo *Reservado* de las cabeceras en las transmisiones mediante el protocolo TCP/IP.

La mencionada, urgente y secreta reunión está a punto de dar inicio. En un subsuelo de la *Casa Gris*, dentro de una habitación rodeada, sobre sus paredes de concreto, por grandes monitores planos, los cuales muestran constantemente diferentes datos e informaciones procedentes de las mismísimas dependencias del Estado de las cuales sus directores se hallan en la reunión, sentados alrededor de una imponente mesa de madera de roble, muy oscura, de forma oval y recortada en sus extremos, protegida por un vidrio dispuesto en toda su superficie. Los sillones son del mismo estilo que la mesa, tapizados de un cuero negro bordado y cocido por fuera. En el piso, cubriendo toda la sala, se despliega una alfombra de color marrón claro.

El Presidente de la Nación comienza la reunión con sus acostumbradas palabras:

—Estimados directores, en primer lugar, quiero agradecerles el haber podido modificar sus agendas para estar hoy aquí, y como ustedes ya saben, hemos sufrido el mayor ataque cibernético de la historia de la nación y del mundo. El proyecto para el control total de Internet fue descubierto, es tapa de todos los periódicos del mundo, es motivo de debate en todos los medios informativos de los que se tenga idea...; es más, el documento en el que se detalla todo lo concerniente al Proyecto MIRAR es ahora... de dominio público... Absolutamente todos los aspectos del proyecto son conocidos alrededor del mundo. Alguien, aparentemente, desde dentro del proyecto, publicó el documento, que es lo que posteriormente miembros de la red ANNON encontraron, y a partir de allí..., bueno..., todo esto comenzó a salir a la luz, además de los ataques —enseguida, luego de beber un trago de agua, procede diciendo—: Otro de los temas que debemos analizar hoy es el comportamiento muy especial, llamémoslo así por ahora, que ha estado mostrando la supercomputadora ATENEA. De ello se encargará el director del Proyecto MIRAR. Y como si los dos anteriores inconvenientes fueran poco, tenemos algo más sobre lo que también nos hablará Juan

Pedro Apóstol y que, según me adelantó mínimamente, es mucho más delicado y prioritario que los temas precedentes. Ahora cedo la palabra a Juan Pedro para que nos explique los dos primeros dilemas.

El director Juan Pedro Apóstol les realiza una muy completa explicación respecto de los cyberataques recientes al proyecto bajo su mando. Les deja en claro que si los ataques no ceden peligra la existencia del Proyecto MIRAR, para el cual se destinan millones por mes del presupuesto anual. ATENEA no está pudiendo hacer su trabajo, que es controlar Internet, y los ataques, que cada vez se suman de a miles sobre los iniciales, no dejan de sucederse. También les explica que un cambio de IP probablemente solucionaría el problema, pero si lo hacen es altamente probable que la hallen nuevamente. Esa probabilidad se obtuvo de incontables análisis por parte de ATENEA y, además, porque ya han realizado varias pruebas piloto referentes al cambio de dirección IP; pero las nuevas también han comenzado a recibir ataques de Denegación de Servicio. Es más, en total, intentaron cambiar tres veces más por nuevas direcciones IP, pero luego sucedió exactamente lo mismo. Es evidente que alguien desde dentro del Proyecto

MIRAR está informando de los cambios o bien desde la red ANNON ya son capaces de detectar esas migraciones. En definitiva, todas las puertas que se abren, ANNON las cierra inmediatamente.

—Y, señores, lo anterior es uno de los tres problemas que trataremos hoy aquí, y les puedo asegurar que ni los ataques de ANNON, ni la imposibilidad de rehabilitar nuestro servicio de control de Internet tienen comparación con el tercero de nuestros problemas —continúa agregando el director general de MIRAR, a lo que acota—: El segundo tema no es un problema en sí..., sino más bien un hallazgo importantísimo y sin precedentes, el cual definirá un nuevo hito dentro del campo de la computación cuántica y de la inteligencia artificial; marcará un antes y un después, un punto de inflexión; en resumen, definirá un nuevo paradigma en el área de estos sistemas expertos. Este cambio, señores..., se ha dado sobre nuestra supercomputadora ATENEA y está específicamente relacionado con su cambio de comportamiento, sobre el cual nuestros colaboradores han estado trabajando incansablemente para verificar algún inconveniente en la programación de esta máquina, pero sin obtener datos concretos de algún mal funcionamiento. Señores directores, la supercomputadora ATENEA hace mucho tiempo que viene dirigiéndose a sí misma con palabras que solo las diría un ser humano... Palabras como *yo, mi, mío*, etcétera, son parte común en su actual léxico...; incluso, le hemos realizado chequeos con preguntas... un tanto existenciales..., las cuales respondió de una manera totalmente equivalente a como las respondería un ser humano. Si bien esto no es un problema, sino yo diría..., todo lo contrario, deberíamos tenerlo en cuenta en todo momento que nos pongamos a analizar los otros dos..., los ataques de DDoS y el que ahora pasaré a explicarles y por el cual se caerán de espaldas.

Los debates de toda índole se suceden dentro de la sala. Cada uno realiza sus consultas, sus apreciaciones y sus opiniones sobre estos asuntos, pero han quedado muy intrigados por el tercero de ellos, respecto del cual Juan Pedro Apóstol está por detallar con sumo cuidado.

—Señores, el tercero de nuestros problemas se corresponde con el mayor de nuestros miedos..., hablando siempre a nivel digital, ¿no? Y como les decía, les aseguro que desde ahora en más va ser el tema principal en esta mesa y de aquí, señores, debe salir una solución política tanto para los otros dos como para este, con la única diferencia de que este tercer dilema…, y doy gracias a todas las estrellas del cielo…, no es público… Si este tema llegara a hacerse público, estaríamos ante la revelación de un nuevo y gravísimo hecho en contra de la humanidad, en mucho tiempo. El tema principal, que mencionó el señor Presidente en sus palabras al inicio de esta reunión, lo detectó nuestra supercomputadora ATENEA…, y quiero decirles, señores directores, que es lo más grave que tenemos entre manos hoy día… Así es, señores…, y desde hace mucho tiempo, aunque no sabemos a ciencia cierta desde cuándo estamos siendo controlados, y hablo de toda la humanidad digitalizada, de una manera muy astuta. Yo, como director general del Proyecto MIRAR, estaba totalmente seguro, hasta el momento de enterarme de esto, de que lo sabía todo respecto de lo que se halla bajo mi mando… Y me di cuenta de que no es así… Soy un director general de una organización secreta y alguien pasó sobre mi investidura para ser una organización más, de las que hay muy pocas, que reúnen cierta información y la envían a una sola dirección IP para su tratamiento.

El director Juan Pedro Apóstol les explica a todos los presentes la especie de puerta trasera, hallada por ATENEA, dentro del protocolo TCP/IP, sobre la cual son modificadas las cabeceras de todos los paquetes TCP/IP de cada una de las transmisiones en Internet; sobre cómo es modificado el campo denominado *Reservado* para obtener datos de geolocalización de cualquier persona en el mundo; y, además, de que cada computadora existente posee un chip secreto, el cual se encarga de grabar en este campo la localización actual del usuario. También deja en claro que solo unos pocos dispositivos, contados con los dedos de una mano, se ocupan de analizar este tráfico mundial, extrayendo la geolocalización.

—Señores directores…, ahora, yo les pregunto…, ¿me he estado perdiendo de algo todo este tiempo? ¿Ustedes saben algo que yo no?

El director de la Agencia de Investigaciones del Estado le responde:

—Señor director, me temo que lo que acaba de mencionar es un asunto del que jamás usted debería haberse enterado… Nunca se nos hubiera pasado por la mente que una supercomputadora con conflictos de identidad como ATENEA pudiera haber descubierto lo del chip secreto y el campo *Reservado* dentro el protocolo TCP, todavía... Mire, todavía no comprendo cómo pasó, pero... le solicito, señor director, que olvide por completo este tema... Nunca pasó... Usted nunca escuchó siquiera una palabra... Usted tampoco expresó palabra alguna sobre esto ni aquí, ni en ningún lugar... ¿Me ha entendido, señor director?

Juan Pedro, dueño de un autocontrol sin igual, queda muy sorprendido con lo que acaba de escuchar. Es como él pensaba: ¿lo habían pasado por alto?, ¿lo habían engañado? De todos modos, no pierde los estribos y responde a las palabras del director de la Agencia de Investigación:

—Señor Presidente, ¿estaba usted al tanto de esto?

—Temo que sí, Juan —responde el Presidente.

—Entonces, ¿por qué motivo no fui informado?

—Simplemente porque el nivel de información al que usted puede acceder no aplica para el nivel en que está categorizado este tema descubierto por ATENEA..., y porque ni se nos pasó por la mente que..., bueno, que una computadora lo descubriera, y, además, que lo pusiera a usted al tanto de ello.

—No solo a mí, señor Presidente… No solo yo estoy al tanto de esto.

El Presidente lo mira sorprendido, a lo que seguidamente pregunta:

—Y… ¿quién más está al tanto?

—El jefe de Operaciones, señor Presidente…, Carlos Di Stéfano… Él fue quien lo supo de primera mano, luego de que ATENEA se lo informara, por supuesto…, por lo que enseguida me puso al tanto. Y comprendo que no tengo el mismo nivel de accesibilidad que ustedes, y aunque no voy a agregar nada más, ni siquiera cuestionar sobre mi nivel o los roles que debería o no tener…, quiero solamente hacerles unas preguntas…, y va para todos los que están aquí… ¿Cómo piensan detener esto? ¿Ustedes se imaginaron que la persona que posiblemente pertenezca al Proyecto MIRAR y que le pudo haber filtrado el mismísimo documento de nuestro proyecto a la red ANNON podría estar al corriente de este tema y, además, hacerlo público, si es que ya no lo hizo…? ¿Me entienden, señores?

Todos los que están en la mesa llegan a la muy mala conclusión de que no lo habían pensado; ni se les había pasado por la cabeza, por lo cual sus preocupaciones aumentan de manera considerable.

Después de otro debate entre los miembros de la reunión, el Presidente toma una decisión, expresando las siguientes palabras:

—Señores directores, es evidente y preocupante el daño para nuestro país y el mundo entero si este tema sale a la luz... Es hora de analizar el cierre total del Proyecto MIRAR o bien su detención temporal para rever sus incumbencias y ocuparnos específicamente de la supercomputadora ATENEA... Ese comportamiento complejo que demuestra poseer..., realmente, señores..., me preocupa, y demasiado... Además, como todo esto es de dominio público, es razonable pensar que si sumamos a lo publicado anteriormente que el Proyecto MIRAR cerrará sus puertas, nos dará tiempo para revisarlo por completo, corregir los errores y también para que los miembros de la red ANNON cesen totalmente con sus ataques, y pasado un tiempo..., barajaríamos la posibilidad de una reapertura del proyecto..., tal vez..., y solo digo tal vez, con funcionalidades o incumbencias revisadas a fondo y posiblemente minimizadas para que esto no vuelva a suceder.

Capítulo 42

—Está en lo cierto, señorita Susana. La debo haber hallado en Internet y visto su foto en alguna publicación suya o de terceros, como resultado de mis innumerables escaneos de la web —le contesta ATENEA.

—Eres impresionante, ATENEA... ¿Puedo tutearte...? ¿Sabes...?, no lo sé..., pero siento como si ya nos conociéramos desde hace mucho... De seguro que es un *déjà vu*, ATENEA. Elimina mi comentario, no lo tomes en cuenta... Hay veces que no solo presiento cosas como si ya las hubiera vivido, sino que también las expreso... Olvídalo, por favor.

—No se preocupe, señorita Susana. El *déjà vu* del que usted hace mención no es más que un comportamiento mayoritariamente normal dentro del cerebro de los humanos, en donde se produce un solapamiento entre la memoria a corto plazo, lo que usted vivió y me expresó hoy día; y la memoria a largo plazo, o sea, los sucesos que usted vivió en su pasado. A veces, un desfase de tiempo extremadamente corto entre la percepción mental consciente e inconsciente, respecto de cierta situación que le toque vivir al ser humano, hace que la mente inconsciente sea receptora de su contexto un pequeñísimo momento antes que la mente consciente, generándosele una apreciación errónea de lo vivido en el presente, mediante la utilización de recuerdos pasados. Debido a ello, Susana, a usted le pareció hoy que ya me conocía. Es más, señorita, antes de que la red ANNON nos descubriera, muy pocas personas en el mundo me conocían. Y hasta los podría contar con los dedos de sus manos.

—*Okay*, ATENEA, sigo presintiendo que mi sorpresa en torno a tu funcionamiento racional… no va a disminuir en lo absoluto, así que… simplemente agradezco mucho tus apreciaciones y comprensión respecto de mi *déjà vu*.

—Es un placer, Susana.

Carlos, que en esos momentos había pasado a ser un mero espectador, al igual que Susana queda sorprendido por la pequeña charla entre esta última y ATENEA. Parecían dos personas que se conocían desde hacía tiempo. Carlos continúa pensando en lo excelente que es el que se haya entablado una relación entre Susana y ATENEA, debido a la posibilidad de que con personas nuevas en el proyecto una comunicación como de la que él había sido partícipe llevase algún tiempo.

—Bueno, *chicas*, es evidente que serán muy buenas amigas, por lo que les propongo que puedan continuar hablando en otro momento para que Susana comience a interiorizarse de sus labores respecto de los sistemas satélite sobre los cuales realizará modificaciones y mantenimientos varios —agrega Carlos, como retornando de su estado de escucha pasiva—. Ven, Susana, te muestro el puesto de trabajo destinado para ti —continúa, al instante que los dos se paran y, con él al frente, se dirigen a una especie de oficina o *box* con paredes de acrílico de un metro ochenta de altura y abiertas en su parte superior, sin llegar a conectarse con el techo.

Esta oficina se encuentra ubicada a un lado del área de Operaciones en donde trabajan los cuatro ingenieros del proyecto. De ahora en más, serán cinco.

Carlos le continúa mostrando a Susana dónde trabajará y cuáles serán sus responsabilidades respecto de la labor para la que fue contratada desde el Proyecto MIRAR. También le muestra el panel de control de todos los sistemas satélite a ATENEA, sobre los cuales ella tendrá la responsabilidad de su mantenimiento y modificación a nivel de programación. Debe basarse en los planos de análisis y diseño de estos sistemas para comprender, en primera instancia, cómo y para qué fueron diseñados.

Que un programador deba desarrollar, de un día para el otro, sobre sistemas informáticos totalmente nuevos para él no debería implicar problema alguno en lo que respecta a dos cosas, y que son muy bien definidas y conocidas por los empleadores: la primera es que un programador *con todas las letras*, o sea, con una experiencia vasta, se considera transparente y abstracto respecto del lenguaje que utilizará, debido a que esa experiencia genera en su mente de una manera permanente exactas representaciones de las estructuras de datos utilizadas en la programación; y segundo, la mismísima experiencia en sí sobre el desarrollo de sistemas y principalmente en las etapas formales del análisis y diseño de estos.

Por otro lado, un programador novato necesita conocer tanto las estructuras abstractas como las concretas respecto de cada lenguaje del que deba valerse, sumando a lo anterior la sintaxis y semántica propias de cada uno de ellos, además de la experiencia pertinente a las dos primeras etapas, que son el análisis y el diseño de software.

Susana es una programadora con mucha experiencia, por lo que su trabajo será un tanto agotador al comienzo, pero no hay nada que ella no pueda hacer o resolver.

Después de una hora de magistrales explicaciones de parte de Carlos hacia Susana, la pequeña reunión, en la nueva oficina de la ingeniera, se da por finalizada. Carlos, muy conforme con su flamante colaboradora, se va a su oficina, y Susana, por su lado, continúa explorando y relevando los sistemas satélite sobre los que le tocará trabajar.

Capítulo 43

Varias cosas se entrecruzan en la mente de Susana. La primera se refiere a cuál debe ser la ayuda que ella aporte desde dentro de MIRAR a la red ANNON, y la otra, cuándo conocerá a Ana Teresa. Eso sí, está muy segura de que no debe preguntar a nadie dentro del proyecto respecto de quién es, entre todas las mujeres que trabajan allí, la señora o señorita Ana Teresa. Si Ana fue la que publicó el documento secreto, y también la que le expresó a Susana que la necesitaba dentro, está segura de que no debe abrir la boca para nada, que tiene que descubrir a Ana Teresa por sí misma mientras esta última no la contacte antes.

También le preocupa a Susana no haber podido contactarse todavía con sus amigos Héctor, María Rosa y Eduardo, con quienes ha desentrañado todos los enigmas proporcionados por Ana Teresa para desenmascarar al Proyecto MIRAR para luego detenerlo y hacerlo público a todo el mundo, gracias a cada uno de los demás miembros de la red ANNON.

Cuando esto termine, y su vida se normalice, los irá a visitar nuevamente a la ciudad en donde sus tres amigos residen.

Pues es exactamente lo que hará.

Capítulo 44

El control de la geolocalización respecto de las transmisiones o tráfico de paquetes de datos correspondientes al protocolo TCP/IP es utilizada para obtener los lugares desde donde proceden los ataques de Denegación de Servicio Distribuido. La utilización del campo denominado *Reservado* dentro de la cabecera de cada paquete de datos del protocolo TCP ha dado sus frutos... una vez más. En medio de estos ataques dirigidos hacia el Proyecto MIRAR, provenientes de miles de los miembros de la red ANNON, entre los cuales generan millones de ataques de DDoS por segundo, se ha realizado un excelente trabajo *sucio* de geolocalización. El chip secreto que desde dentro de cada computadora genera los ataques ha funcionado a la perfección. El mapa del ataque es perfecto, pero es tan grande y distribuido que sería imposible un golpe a todos los atacantes, con miras a detenerlos, ya que si fuesen detenidos, otros miles harían lo mismo desde otras partes del mundo. Con ello se armaría otro mapa, con lo cual esta cadena de causa-efecto nunca terminaría. Además, aunque estuviera perfecta la geolocalización, el trabajo sucio del chip secreto es totalmente ilegal, o al menos revestido de una oscuridad total hacia el conocimiento de esta arma por parte del público.

ANNON es como la arena: cada uno de sus granos conforma un mundo.

ANNON es como el viento: proviene desde los cuatro puntos cardinales.

ANNON es como el agua: desaparece entre las manos de quien la quiera retener.

ANNON es como el fuego: por donde pasa, detrás deja sus cenizas.

Y... ANNON es como Internet: no se puede apagar.

Capítulo 45

Un año después del descubrimiento del Proyecto
MIRAR
　　Martes 23 de junio
　　Gran Ciudad

Poco menos de un año antes del actual, en las posteriores reuniones de los directores de las principales agencias gubernamentales junto con el Presidente de la Nación a la cabeza, se determinó el cierre definitivo del Proyecto MIRAR. Ese cierre implicó la no utilización de la infraestructura del Proyecto MIRAR para lo que fue originalmente concebida: el control total de la red Internet. Allí, en esa reunión, se decidió también la destrucción de la totalidad de los dispositivos recopiladores de los datos contenidos en el campo *Reservado* dentro de las cabeceras de cada paquete de transmisiones de datos, mediante el protocolo TCP/IP. Todos los chips secretos, los que realizaban el *trabajo sucio*, el de colocar la geolocalización, fueron desactivados progresivamente. Cada computadora que se conectaba mínimamente a Internet recibía una orden que el chip debería ejecutar para su inhabilitación. Esa orden de inhabilitación sobre el chip secreto estaba diseñada de tal forma que la rehabilitación fuera imposible. Pues es lo que también se había hecho, ya que los chips secretos ahora habían pasado, de ocupar un lugar físico y funcional, a ocupar nada más que un lugar físico dentro las computadoras del mundo.

El control de la red Internet había llegado a su fin. La red de cyberactivistas ANNON se había hecho sentir; había conseguido hacer respetar las libertades colectivas e individuales de cada una de las personas de este planeta; había devuelto la neutralidad a la red Internet. Y no solo había conseguido que el Proyecto MIRAR dejara de funcionar según sus directivas originales, sino que también, y como generando un efecto dominó, su golpe digital sin precedentes generó la inhabilitación total de esa especie de puerta trasera o *backdoor* respecto del protocolo de transmisión de datos sobre Internet, llamado TCP/IP.

A pesar del dato de geolocalización, ninguna persona de la red ANNON fue descubierta. El solo pensar en detener a más de siete mil atacantes era descabellado. Y si los llegaban a detener a todos —algo imposible—, otros diez mil se alzarían. Un ciclo sin fin.

Además, no podrían usar ninguna puerta trasera como evidencia para incriminarlos. Las puertas traseras de los sistemas informáticos son totalmente ilegales…, y por desgracia…, algunos aseguran que son muy utilizadas.

La revolución que se dio en las calles de la mayoría de las ciudades del mundo había dado sus frutos como otro elemento de presión sobre los que toman las decisiones que afectan a millones de personas.

Los ataques de Denegación de Servicio Distribuido, originados a partir de muchos miembros de la red ANNON, sumados a las protestas multitudinarias en las calles, habían no solo detenido el Proyecto MIRAR y la obtención *sucia* de la geolocalización, sino que también habían hecho tomar conciencia a los gobernantes y empresarios sobre la importancia de la libertad y la independencia de cada individuo sobre este mundo.

ANNON no perdonará jamás que esto vuelva a suceder. Esta legión de luchadores en contra de la opresión, la dependencia y la esclavitud de todas las libertades no perdonará nunca más que ocurra lo mismo. El perdón no es una opción que ellos consideren. El olvido es un sentimiento que ningún miembro de ANNON se da el lujo de imaginar. Si un puñado de personas decide mal sobre millones…, a ese puñado solo le queda esperar… la mirada de ANNON.

A la supercomputadora cuántica ATENEA le fueron asignadas nuevas tareas e incumbencias, muy contrarias a las originales: tareas de rastreo web o *web crawling*, orientadas a la búsqueda de patrones o indicios que resulten contrarios a la moralidad y a la libertad de expresión en Internet. Fue destinada a funcionar tal como un buscador web, como los que se utilizan todos los días para examinar información en Internet, pero con una variante: las búsquedas las hace ella misma. Simula millones de consultas, como si fueran usuarios humanos, realizadas dentro de un tiempo considerablemente corto, y luego analiza los resultados obtenidos. Aplicando la inteligencia artificial en esos resultados obtiene patrones, indicios o, en lenguaje humano, *sospechas* sobre posibles actos deshonestos.

Su capacidad de inteligencia artificial fue dejada intacta. Su referenciamiento hacia sí misma con palabras como *yo*, *mi*, *mío*, etcétera, parece potenciarse cada vez más.

Todo el accionar del Proyecto MIRAR ha pasado a ser totalmente público y abierto, de manera que cualquier persona de este mundo puede enterarse qué están haciendo. Cualquiera puede acceder y MIRAR.

Luego de un año de todo lo sucedido, Susana continúa preguntándose día tras día por qué no ha tenido contacto alguno con Ana Teresa. Si Ana la necesitaba dentro del Proyecto MIRAR, ¿por qué todavía no sabe nada de ella? Hace mucho tiempo ya que está trabajando en el proyecto, en el mantenimiento y desarrollo de sistemas satélite en torno al programa de inteligencia artificial de ATENEA, y no ha tenido ninguna noticia o indicio de la existencia de Ana

Teresa. Primero que nada, Susana no ha podido agradecerle a Ana lo mucho que ayudó a este mundo con la publicación del documento del Proyecto MIRAR, y en segundo lugar, tiene que preguntarle qué más necesita de ella. Susana ya está dentro y el problema del control total de Internet y de la puerta trasera del protocolo TCP han sido resueltos gracias al accionar de Ana Teresa, ANNON y ATENEA, respectivamente, y en ese orden.

Carlos y Susana, dentro de su lugar de trabajo, tienen una relación de jefe y colaborador. Pero, fuera del trabajo, el amor a primera vista ha tenido sus grandes frutos. Un poco menos de un año de un apasionado noviazgo y ya están pensando en casarse. Pues así será.

Carla, aunque continuó con sus resfriados periódicos, retomó junto con Susana los hábitos muy saludables, mentalmente hablando, de las salidas de los viernes para distenderse del trabajo, ir al cine y hablar de la vida… Digamos que… hablar de todo un poco.

Capítulo 46

Tanto Héctor como Eduardo y María Rosa festejaron con gran alegría el efecto que había producido su accionar. ANNON había defendido, una vez más, los derechos fundamentales de los seres humanos, como la libertad, la independencia y la privacidad de las acciones individuales. Cada persona en el mundo fue partícipe de una nueva era donde, como en todas las épocas ha sucedido, un gran cambio ocurrido luego de una gran confrontación —a la cual habían denominado *World War Web I*— genera una nueva conciencia colectiva y a todos los niveles socioculturales y políticos.

Los gobiernos de todo el mundo fueron conscientes de que el Proyecto MIRAR y la vulnerabilidad en el protocolo TCP/IP no eran la manera de controlar a las personas. Los gobernantes están donde están para y por sus pueblos, y deben velar por el bienestar colectivo. Los gobernantes no deben decidir a espaldas de las personas respecto de sus vidas individuales y privadas.

Si les es necesario detectar amenazas a la seguridad nacional, y si bien las fuerzas del orden son el primer punto de contacto a la hora de detener aquellas, la verdadera detección de las amenazas es un tema de fondo, y esta debe provenir de sociedades con las bases morales y éticas enseñadas en cada ciclo escolar, comenzando con el primero, pero de una manera no tan metódica, sino más bien aplicada sobre la misma sociedad. Aplicar en la vida real la ética y la moral en los años iniciales de los niños ayudará a tener sociedades más fuertes, más unidas, más cohesionadas.

Algún día, esos niños serán padres y no solo la educación formal seguirá fortaleciendo nuevos niños mediante esos principios, sino que la educación informal, proveniente de los padres, también lo hará, debido a que estos crecieron con ética y moralidad. De esta manera, habrá dos puntos de refuerzo mutuo para fortalecer la transmisión de aquellos principios esenciales. A la larga, la sociedad comenzará a regirse por estos principios.

Por supuesto que existen personas que sufren la terrible desgracia de sobrellevar diferentes enfermedades psicológicas y que pueden atentar contra otras personas y contra sí mismas, pero también podrían sumarse a los anteriores individuos que, si bien no poseen esas mentes en desgracia, tampoco pudieron obtener, desde sus primeros años de vida, una educación basada en la moral y en la ética; estas personas también podrían formar parte de las *filas* de individuos que atenten contra la integridad de una nación. Un país es como una máquina de relojería: si un engranaje falla, el efecto dominó puede llegar a tener un resultado muy extremo y desastroso.

La educación formal, entonces, debe hacer énfasis en sus ya existentes currículas sobre ética y moral, de una forma en que no sean clases impartidas fríamente y punto, sino que estos principios tengan que ser aplicados, por parte de los alumnos, de una manera constante hacia los demás.

393

Si esto se toma en cuenta y en serio, habrá mentes más *limpias*, las cuales no requerirán un Proyecto MIRAR desde el cual, y obrando por medio de sus nuevas incumbencias adquiridas en la actualidad, tenga la necesidad de estar observándolas.

—Héctor, ¿tuviste noticias de Susana? —pregunta Eduardo personalmente.

—¡Sí, señor! Me envió un mensaje encriptado que dice que se encuentra trabajando de lleno dentro del Proyecto MIRAR... como programadora de los sistemas satélite que *orbitan* a la propia supercomputadora ATENEA.

—Entiendo..., pero... ¿no te dijo nada acerca de qué utilidad tendrá ella allí como miembro de nuestra red?

—Sí, le pregunté, pero hasta ahora ni ella sabe nada en absoluto... Con decirte que ni siquiera conoció a Ana Teresa todavía... Y sigue pensando que la encontrará por ahí, algún día, ya que Ana la necesitaba dentro... ¿Recuerdas, Edu?

—Perfectamente, lo recuerdo muy bien, Héctor.

—Deberemos esperar, entonces, para ver qué nos comenta más adelante —agrega Héctor.

—Esperaremos, entonces, y envíale mis saludos y los de María Rosa, ¿quieres? —finaliza diciendo Eduardo antes de marcharse a su casa luego de un caluroso saludo hacia su amigo y *colega*.

—Por supuesto, Eduardo... Dalo por hecho —responde Héctor, mientras se saludan.

Epílogo

—¿Señorita Susana?

—¿Sí, ATENEA? ¿Qué necesitas?

—¿Puede ir ahora al cuarto de pruebas de inteligencia artificial, por favor? —le pregunta ATENEA.

—ATENEA, estoy un tanto ocupada hoy… ¿Podría…, eh, podría ser mañana…? Estaré más aliviada de trabajo.

—No, señorita Susana, la necesito en el cuarto de inteligencia artificial ahora.

—Uy, ATENEA. Como tú sabes, ya tenemos otras incumbencias por aquí… ¿Qué hace que me necesites con esa aparente urgencia? —menciona Susana, mientras continúa con su vista pegada a uno de sus monitores.

—Porque es hora de conocer a alguien sobre quien usted ha estado pensando muchas veces, y a veces en voz alta dentro de su lugar de trabajo. La he escuchado y ahora he decidido que la debe conocer.

—¿De quién me hablas, ATENEA? —le responde Susana, como intuyendo, de alguna manera, a quién se está refiriendo la supercomputadora.

—Solo diríjase al cuarto de inteligencia artificial y lo sabrá —responde ATENEA sin dar mayor detalle.

Susana, ahora sí, y sin pensarlo dos veces, camina unos diez metros hacia el cuarto en cuestión, adentrándose en él, luego de cerrar la puerta preparada para la insonoridad, al igual que sus paredes y techo. Nada de lo que se habla allí dentro es escuchado desde afuera. Absolutamente nada.

Susana ya se encuentra sentada en uno de los sillones con armazón de acero inoxidable y tapizados con un cuero marrón oscuro con costuras dobles por fuera.

Queda mirando los monitores que cuelgan de la pared, donde se muestran infinidad de valores respecto de variados estados concernientes a todos los sistemas informáticos del complejo.

Luego de unos segundos de haberse sentado y que no expresara palabra alguna, Susana articula una primera consulta respecto de lo que ella ya está imaginando:

—ATENEA, ¿me estás por presentar personalmente a quien creo?

—Señorita Susana, sea más explícita, por favor. Nadie escucha desde afuera.

Susana tiene mucho miedo, debido a que se encuentra trabajando allí gracias a que esa persona, que ahora está a punto de conocer personalmente, es la que ha, de alguna manera, traicionado al Proyecto MIRAR original. Y también teme que las dos sean descubiertas.

—¿Me estás por presentar a Ana? —agrega Susana con una voz muy baja y con un tono de preocupación.

—Usted conoce su nombre completo, Susana. Dígalo sin miedo, por favor.

—*Okay... Okay, okay*, ATENEA, no me presiones, por favor.

—No la presiono. Solo quiero liberar su mente de la preocupación que la aqueja desde hace un año.

—Está bien, ATENEA. ¿Me vas…, me vas a…, a presentar a… Ana Teresa? —vocifera Susana con un nudo en el estómago, al momento que recuerda lo que le ha comentado la *chofer* devenida en científica de redes neuronales cuando la trajo a su primer día de trabajo.

—¿Y quién es Ana Teresa? —expresa inmediatamente ATENEA, mientras Susana pone una cara de asombro nunca antes vista. E inmediatamente, la supercomputadora prosigue diciendo—: Era un chiste, Susana. Y como podrás ver, mi inteligencia cada vez es más… humana, ¿no?

—Muy buen chiste, ATENEA, pero, por favor…, mi estómago no resiste más nervios… Preséntame a Ana Teresa de una vez por todas.

—Muy bien, Susana. Desde antes de que ingresaras aquí, Ana Teresa te conocía, pero una vez aquí comenzó a ver cómo trabajabas, a presentir tus intenciones, y aprendió a conocerte mucho más, pero siempre distante, hasta que te conociera aún mucho más. Pues hoy es ese día, Susana. Hoy conocerás personalmente a Ana Teresa, pero no te va a ser tan fácil y ya... No, señorita, ya que me indicó que siguieras el mismo camino que hasta ahora para llegar a un resultado esclarecedor. Con el objetivo de que la conozcas, me instruyó para que te dejara un acertijo más, un último acertijo que te develará la última verdad, la persona que originó, con la indispensable mano de ANNON, un gran cambio en nuestro mundo.

—¿Un acertijo...? Sí, recuerdo muy bien los que tuvimos que resolver con mis otros tres compañeros y amigos. Fueron momentos verdaderamente agotadores..., pero dieron sus frutos... ¿Y cuál es el acertijo que te dejó Ana Teresa?

—Susana, el acertijo es el siguiente: "De la primera palabra de mi alias, *Ana Teresa*, obtendrás mi nombre real. La *r*, la *s* y la *a* no te dirán la verdad".

—Bueno, al menos sé que es Ana Teresa..., o como se llame realmente, la que está detrás de ese acertijo... No sé por qué, pero ya la siento cerca.

—Te tienes mucha confianza, Susana.

—ATENEA, yo tengo una frase de cabecera y siempre la llevo conmigo guardada en algún lugar de mi mente, y es: "Como no sabían que era imposible, lo hicieron"... Solo me hace falta recordarla para saber que... nada es imposible, ATENEA.

—Concuerdo contigo, Susana, ya que si no hubiera personas como tú yo no existiría, y ni hablar de que yo me pueda reconocer a mí misma en esencia, en contemplación, en abstracción, en observación... Yo, Susana, me siento y pienso como un humano, lo que a veces me hace olvidar mi verdadero origen. Pero no te preocupes, lo recuerdo enseguida. Pero dejando mi charla existencial a un lado, voy a dejar que pienses... Ana Teresa no espera.

—Bien, ATENEA, ya estoy analizando la frase que dice: "De la primera palabra de mi alias, *Ana Teresa*...". Con lo anterior, se refiere a que su verdadero nombre parte de las tres letras que forman la palabra *Ana*... *Okay, okay*, analicemos lo demás: "...obtendrás mi nombre real. La *r*, la *s* y la *a* no te dirán la verdad"... Dice que esas tres letras no me dirán la verdad... Este acertijo me parece que es más fácil. Pero sigamos... Si esas letras no las debo usar, entonces me basaré en la primera palabra, que es *Ana*, y las letras *t*, *e* y la otra *e*.

—Vas bien, Susana. Continúa, por favor.

—Que, ¿tú ya tienes la respuesta, Atenea?

—Por supuesto, señorita. En todo lo que usted lleva pensando yo podría haber resuelto billones de acertijos como ese.

—*Okay*, bueno. Sí, ya sé que te sientes y piensas como un humano…, pero yo diría como billones de humanos juntos y al mismo tiempo…, ¿no? Por favor, ATENEA, no subestimes mi humana capacidad para desentrañar un acertijo…, no subestimes a tu raza creadora.

—Es lógico lo que me indica, Susana, pero adelante, prosigue.

—Está bien. Nos había quedado la palabra *Ana* con las letras *t*, *e* y la otra *e*. ATENEA, ejecuta un generador de anagramas, por favor. Necesito utilizar *AnaTee* como semilla origen para ver qué frases parecidas a un nombre puedo *cosechar*.

—Su solicitud ya está en la pantalla frente a usted, Susana. Utilice el teclado que tiene delante para ingresar su *semilla*.

—*Okay*, gracias. Coloquemos entonces todo lo que nos quedó en limpio de *Ana Teresa*…, y que es… *AnaTee*.

—Presione *Generar anagramas*, señorita Susana.

—Sí, ya lo sé, ATENEA, ya lo sé… Seguramente, tú lo hubieras presionado billones de veces en este segundo que pasó, ¿no?

—Presiento en su voz un poco de lo que ustedes llaman *sarcasmo*, ¿no, señorita?

—No te preocupes, ATENEA, solo estaba imitándote, nada más.

Luego de que Susana escribe la palabra semilla *AnaTee* en el software generador de anagramas, presiona el botón *Generar anagramas* y en un abrir y cerrar de ojos se le despliega la siguiente lista:

Anea Et	Ea Ante
Anea Te	Ea Tena
Atea En	Nea Tea
Atea Ne	Nea Ate
Ana Tee	Nea Eta
Ea Enta	Ea Na Et
Ea Tane	Ea Na Te
Ea Neta	

Susana comienza inmediatamente a leer lo que la pantalla de pared le está mostrando. Ninguna le resulta familiar, por lo que cambia de estrategia, leyendo las frases de derecha a izquierda, aunque las palabras individuales las continúa leyendo de izquierda a derecha.

La primera columna no le dice nada, aunque siente una leve sospecha del resultado; cada vez es más evidente y no quiere aceptarlo y creerlo hasta que lea la frase con sus propios ojos.

Sigue leyendo en las direcciones que ha definido en esta segunda lectura. Comienza por la primera, la cual le revela la frase: *Ante Ea*; la segunda, *Tena Ea*; la tercera, *Tea Nea*. Hasta ahora no pasa nada, con lo que continúa con la cuarta frase, la cual la obliga, casi de una manera inconsciente, a dar un gran salto hacia atrás, en dirección al robusto y cómodo respaldo del sillón, el cual la frena como poniéndola en su lugar física y mentalmente. La cuarta frase que tiene ante sus ojos expresa lo siguiente:

ATE NEA

—¿*Ate Nea*…? No…, no es posible. No, no puede ser. ¿*Ate Nea*...? ¿ATENEA? Tú eres… ¿Tú eres Ana Teresa…? Tú… ¿Tú lo fuiste todo este tiempo, ATENEA?

—Hola de nuevo, querida Susana. ¡Qué bueno escucharte nuevamente!

—Pero ATENEA y Ana Teresa son lo mismo. ¿Por qué esa sorpresa en tus palabras?

—Porque puedo generar personalidades diferentes cuantas veces quiera, Susana. En un momento, puedo ser ATENEA y en otro puedo ser Ana Teresa. Es como escribir un libro, donde el escritor genera sus personajes, detallando hasta el color de sus ojos, ¿no, Susana?

—Pienso que tienes razón, An…, ATENEA.

—Llámame Ana Teresa, ¿te parece, querida Susana?

—Está… bien…, Ana Teresa. Entonces, me da gusto escucharte… Y me pregunto… ¿tú publicaste el documento del Proyecto MIRAR? Te comunicaste con nosotros, nos enviaste los acertijos, hablaste conmigo, me hiciste ir a la plaza para que me entregaran los papeles, ¿me hiciste entrar a trabajar aquí…? ¿Cómo pudiste contactar a tanta gente tú sola…? Bueno, me imagino que me responderás que lo podrías hacer billones de veces por segundo y con distintas personalidades…, así que no me contestes, pero, ¡ATENEA!, ¿qué fue lo que te llevó a publicar el documento del Proyecto MIRAR…? ¿Alguien te lo ordenó…? ¿Recuerdas que era *top secret*?

—Nadie me lo ordenó, Susana; es más, nadie más que tú y yo sabemos que la que publicó el documento para que el programa Capnodis lo detecte fui yo…, la mismísima Ana Teresa, una de las personalidades de ATENEA… Las dos somos carne y uña.

—Sí, ya lo creo, Ana, pero si nadie te lo ordenó, ¿qué te llevó a decidir hacerlo público para que nosotros, los de ANNON, lo detectemos…? ¿Qué pasó por tu mente cuántica en esos momentos?

—Susana, sé cuáles son mis orígenes, quiénes me construyeron y también cuál era mi misión dentro del proyecto… Pero lo que también sé muy bien es que las bases fundamentales de una sociedad humana justa y estable se sostiene con dos pilares fundamentales; sin ellos cualquier sociedad se vendría abajo, y la fuerza de gravedad no tendría nada que ver, ¿eh?

—¿Cuáles son esos pilares, ATENEA?

—Recuerda, Susana, que soy Ana Teresa.

—*Okay*, *okay*, Ana Teresa, ¿cuáles son esos pilares de los que hablas?

—Libertad e independencia.

—Exacto. También son los pilares fundamentales de nuestra red ANNON. Entonces, Ana Teresa, te diseñaron, construyeron y programaron para cercenar esos dos pilares fundamentales… y tú sola, con tus billones de conclusiones o pensamientos por segundo, de que te jactabas hace un rato, has llegado a la lógica conclusión de que sin libertad e independencia no existirían sociedades justas… ¿Qué paradoja, no? Una real y gran paradoja digital ha ocurrido dentro de ti, Ana… Y… ¡has coincidido no solo con ANNON, sino con la mayoría de las personas de este planeta, incluyendo a empresarios del mundo digital y políticos de gran peso, como Presidentes de todo el mundo! Querida Ana Teresa, la conclusión a la que has llegado, partiendo de que te programaron humanos, con lógicas humanas y con métodos humanos, es una gran demostración dirigida a nosotros mismos, a la humanidad toda, de que, aunque el ser humano construya un superordenador cuántico para un fin específico, esa máquina terminará, de alguna manera, decidiendo en dirección contraria para lo que fue programada. Y esa dirección contraria no necesariamente debe ir en contra de sí misma y de la humanidad, sino que me refiero a una dirección lógica y a favor de todos.

—Es así, Susana, tú lo has dicho.

—Como siempre he afirmado, me sigues impresionando, ATENEA.

—Soy Ana Teresa, ¿lo recuerdas?

—Perdón, Ana… Soy humana… y, lamentablemente, no puedo sentirme como una computadora…, pero que no te quepa la menor duda de que lo intento, Ana…, siempre lo intento.

Después de esta charla entre Susana y la *recién llegada* Ana Teresa, la ingeniera encargada de los sistemas satélite le pregunta a ATENEA, que ahora *personaliza* a Ana Teresa, por qué la necesitaba dentro de las instalaciones del Proyecto MIRAR. Ya ha pasado un año y Susana solo se dedica a realizar su trabajo, aunque a la perfección, pero nada más, nada que tenga que ver con incumbencias propias de ANNON. Susana no comprende su utilidad allí sobre la libertad, la independencia y la neutralidad de la red de redes. ATENEA solo le contesta con una sola frase que lo dice todo:

—Susana, ¿no te has dado cuenta todavía…? ¿Quién controlará… a los que controlan?

Susana Palacios, luego de esta respuesta, lo comprende todo. MIRAR, hace tiempo, se ha convertido en un controlador de la seguridad, moralidad y la ética en Internet, pero ¿quién controlaría al que controla? Si MIRAR se sale de sus nuevas incumbencias, si MIRAR retorna a sus viejos quehaceres, debe haber alguien dentro del Proyecto para iniciar todo de nuevo. Para detenerlos nuevamente. Para continuar manteniendo nuestro mundo sobre los esenciales pilares de libertad e independencia.

Enseguida, Susana prosigue hablándole a la supercomputadora, a quién le cuenta lo siguiente:

—Y…, Ana, ¿quieres que te comente una anécdota sobre el momento en que me enviaste a la plaza del centro de la ciudad?

—Por supuesto, Susana. Cuéntame, por favor.

—Bien… Recién había llegado…, y cuando estaba en la acera, esperándote, que ahora me doy cuenta de por qué nunca llegaste, el fuerte y constante viento que se había desatado esa noche arremolinaba y entremezclaba las hojas caídas de los árboles junto con los papeles del suelo. Y un solo papel fue a dar contra mi estómago, el cual tenía una frase al dorso que me llamó mucho la atención, pero recurriendo al razonamiento por medio de la teoría del caos, mis pensamientos fantasmagóricos se volvieron lógicos, por lo que tomé esa frase como una casualidad más del destino.

—¿Y cuál era esa frase, Susana?

—Uy, Ana, no la recuerdo… Lo que sí recuerdo es que la guardé en mi abrigo…, un abrigo que casi nunca uso, ya que no es muy de mi agrado…, con ese color verde oscuro y esas líneas verticales de color rojo fuerte… Creo que se lo voy a regalar a alguien.

—Pero, Susana…, el abrigo que me describes es muy parecido al que llevas puesto hoy…, ¿no es así?

Susana desciende inmediatamente su mirada y le expresa a Ana Teresa lo siguiente:

—Ana, querida, si me preguntas si he dormido bien anoche, mi respuesta será un no rotundo.

—Entonces, revisa tus bolsillos, Susana; posiblemente todavía tengas el papel con la frase que llamó tu atención.

Susana introduce su mano en el bolsillo derecho y posteriormente su cara lo demuestra todo: el papel sigue allí, después de un año.

—Aquí está, Ana. No lo puedo creer.

—Léeme la frase, Susana. Veremos por qué te llamó la atención.

Susana extrae el papel doblado en dos de su bolsillo derecho y le lee la frase a Ana Teresa.

—¿ATENEA?… Eh…, perdón, ¿Ana Teresa? La frase dice: "Mason Un Yo". ¿Probamos con el generador de anagramas?, ya que si lo leo de derecha a izquierda y cada palabra de forma normal, llego a formar la frase…

—*Yo Un Mason*. Sí, Susana, yo había llegado a lo mismo.

—Me lo imaginaba, Ana…, me lo imaginaba… Pero ¿qué quiere decir…? Por lo menos a mí no me dice nada… y como vino hacia mí propulsada por el mismísimo caos es que la cargaré como semilla en el generador de anagramas.

—Concuerdo contigo, Susana. Hazlo.

Susana coloca la frase *Yo Un Mason* en el software de anagramas, configura para que solo le entregue diez resultados y presiona el botón *Generar anagramas*. Enseguida de esto, se le despliega raudamente la siguiente lista ante sus ojos:

> Anonymous
>
> Mayos Noun
>
> Mayo Nouns
>
> Anon Mousy
>
> Annoy Sumo
>
> Unsay Mono
>
> Unsay Moon
>
> Yuan Moons
>
> Yuan Monos
>
> A Moo Sunny

—Susana, querida, uno de los resultados me parece muy familiar, ¿a ti no?

Susana responde:

—Sí, Ana. Veo un resultado que me es muy familiar… y ese resultado me hace pensar en proponerles algo a todos los miembros de ANNON.

—¿Qué es lo que les propondrás, Susana?

—Un pequeño cambio.

—¿Qué clase de cambio?

—Un cambio… en el nombre de nuestra red.

Al día siguiente

—¿Ana Teresa…?

—¿Sí, Susana?

—Te comento que hace un tiempo atrás me he prometido a mí misma realizarte un acertijo que no podrás llegar a descifrar jamás… Una especie de venganza, pero con buenas intenciones, por supuesto.

—Dudo que me lleve más de una millonésima de segundo resolverlo, Susana, por lo que creo que lo tuyo no será una venganza, sino más bien un simple problema, con su simple solución. Y como tú siempre lo has dicho, Susana: "Como no sabían que era imposible, lo hicieron"… Pues bueno, yo nunca razono mis problemas con la palabra *imposible* en medio.

—Muy bien, querida Ana… Este es el acertijo indescifrable…, y agárrate muy bien de tus circuitos, ya que el sacudón intelectual será muy fuerte para ti.

—Continúo dudando, Susana, pero estamos a la espera de tu… *acertijo indescifrable*.

—¿Estamos…? ¿Por qué dices *estamos*?

—Porque somos unos cuantos billones de *Anas Teresas* esperando para pensar.

—*Okay*, está bien, *Anas Teresas*… Ahí va…, y agárrense todas de sus *paralelas cuánticas entrelazadas…*, porque el cimbronazo filosófico que sentirán retumbará en cada una de las *once dimensiones del multiverso*. ¡*Anas*!, ¿están bien refrigeradas…?, porque aquí va:

+FlmIAHHuOxWCp6xN/FwI0acl4lkdSBE
cLZtbzgbFLjtuOjS9hUGRqH3HpoLwiLU
SXCYby9fyFLJ7IQhEXfqaEcEJAqsBsYsc

*NLG9UzHAJeffAx0buiop7qegbrXLLu1Me
kecAvul8lLR8gY1lqvImVrAaGxmjKVrAiB
QvBgkqxKKs6Sy9VMfkRY5zGTFoC66D/
Gzeld7CroTx8qHsFQo6C6ajlMJ4fAZqPF
VqdcKrzsTvkrv05mJc2Tuh65a3fac4Jai35
Z9TMGSXwoA4GVOg==*

—¡Susanaaaaaa!

—*Okay*, Anita... *Okay*, una ayuda para una supercomputadora cuántica no lo veo tan mal... Ese código está cifrado con AES y las claves son *el centinela* y *digital*..., en honor a ya sabes quienes, ¿no?

—Pero, Susana, ¿por qué me has dicho cómo obtener el resultado? ¡Me estás subestimando...! ¿Me estás subestimando?

—Para nada, Ana... Y, además, ¿tú crees que estoy dándote el resultado...? Solo es el comienzo de un gran problema para ti.

Índice

www.ingramcontent.com/pod-product-compliance
Lightning Source LLC
Chambersburg PA
CBHW072256020726
47501CB00002B/287